# 宝石之国

10

市川春子

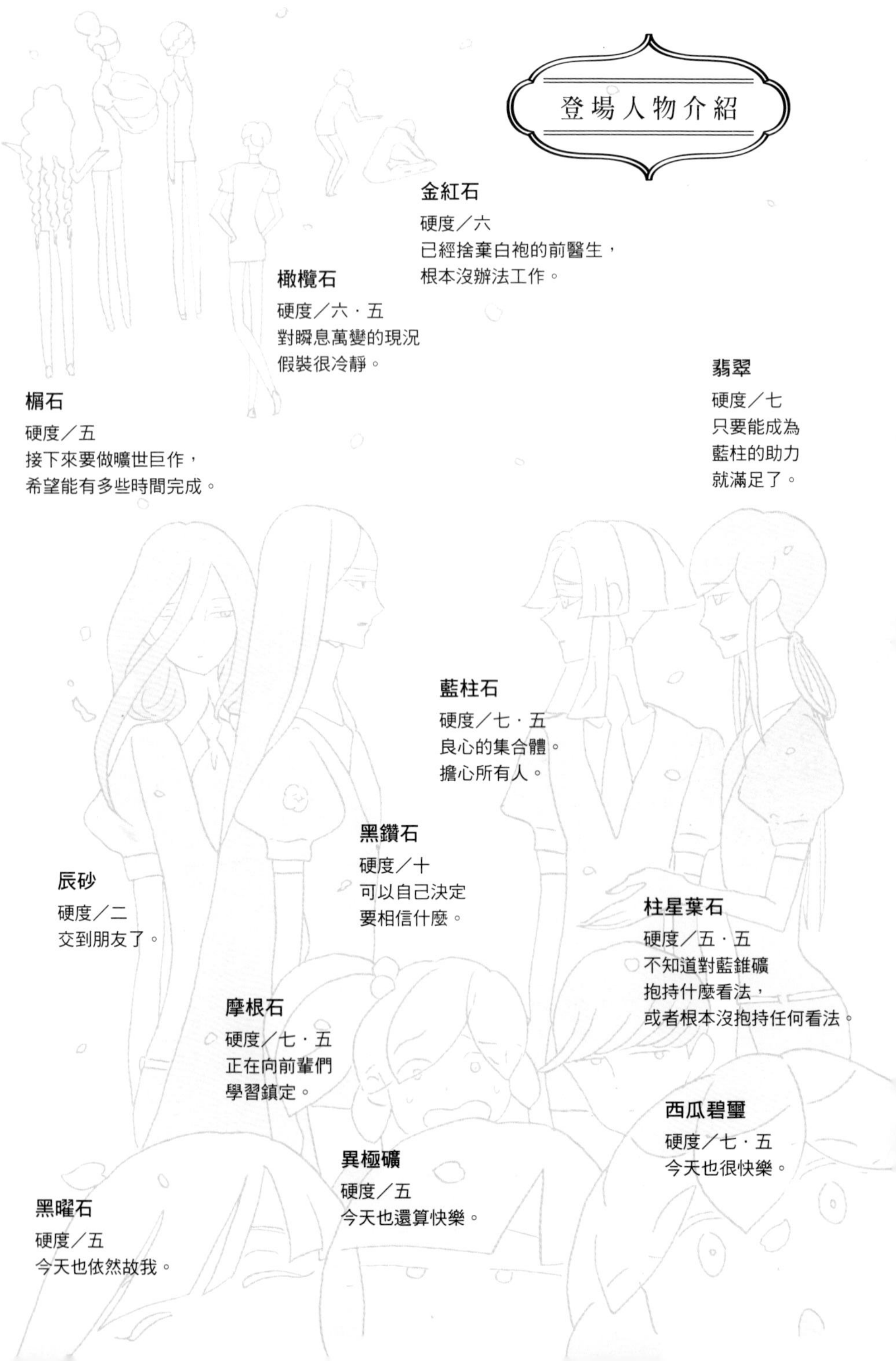

# 登場人物介紹

**金紅石**
硬度／六
已經捨棄白袍的前醫生，
根本沒辦法工作。

**橄欖石**
硬度／六・五
對瞬息萬變的現況
假裝很冷靜。

**翡翠**
硬度／七
只要能成為
藍柱的助力
就滿足了。

**榍石**
硬度／五
接下來要做曠世巨作，
希望能有多些時間完成。

**藍柱石**
硬度／七・五
良心的集合體。
擔心所有人。

**黑鑽石**
硬度／十
可以自己決定
要相信什麼。

**辰砂**
硬度／二
交到朋友了。

**柱星葉石**
硬度／五・五
不知道對藍錐礦
抱持什麼看法，
或者根本沒抱持任何看法。

**摩根石**
硬度／七・五
正在向前輩們
學習鎮定。

**西瓜碧璽**
硬度／七・五
今天也很快樂。

**異極礦**
硬度／五
今天也還算快樂。

**黑曜石**
硬度／五
今天也依然故我。

**黑水晶**

硬度／七
超級究極無敵開心。

**透綠柱石**

硬度／七・五
人在何處又在幹嘛咧。

**藍錐礦**

硬度／六・五
一般石。

**紫翠玉**

硬度／八・五
搞清楚他雙重人格的
原因了。

**磷葉石**

硬度／三・五
主角。
被逼到窮途末路了。

**紫水晶**

硬度／七
已經習慣月亮。
意外地適合那個環境。

**鑽石**

硬度／十
月亮上滿滿的
戀愛故事
很合他的喜好。

**黃鑽石**

硬度／十
最年長。
依舊跟著狀況隨波逐流。

**蓮花剛玉**

硬度／九
負責教導小磷，
坦白說負擔很重。

目次

# 第七十一話

## 失敗

他們走了。
是嗎。
抱歉。
至少我來試試看能不能跟你們說明我為什麼不能滿足月人的願望，
還有我沒辦法跟磷葉石戰鬥的理由……
…………
…………
…………
哎呀。
不要緊啦。
不用勉強。
走吧。

我也沒能說服小磷。
這樣啊。
真是對不起。
枉費大家照計畫進行到這個地步。

沒辦法。
至少保護了金剛。
也是。
而且我還突破了小磷的心防。
他突然提到硬度……
黃鑽似乎還很正常…
蓮花剛玉完全發狂了，有看到嗎？超～恐怖！
還有那個小型月人……
總之接下來，

大家先好好休息吧。
好
很好的決定。
古代生物當時就是沒有選擇休息才提前滅絕了。
對吧～？
小磷被那麼粗暴地帶回去，恐怕還沒受到月人信任吧。
下次來應該還要一陣子。

好快好快好快！
喀嚓
喀嚓
喀嚓
喀嚓
喀嚓
像在拼拼圖。
因為已經沒有扮演你們領導者的包袱了。
我是不太懂你的意思啦。
好。
黑鑽石。
你腿部被削掉的部分太細微了，無法回收，改用頭髮來修補好嗎？
沾到毒液了還是能用嗎？
一部分可以。
那拜託你了。

……抱歉。
別放心上。
從右手開始。
喀嚓
喀嚓
喀嚓
喀嚓
喀嚓
喀嚓
喀嚓
喀嚓
蓮花剛玉被我淋了整身的毒。
以前聽磷葉石說月亮上可以去毒，不知道蓮花剛玉能不能真的恢復。
要是他們連讓他醒來活動的技術都有，能夠去毒的可能性就很高。

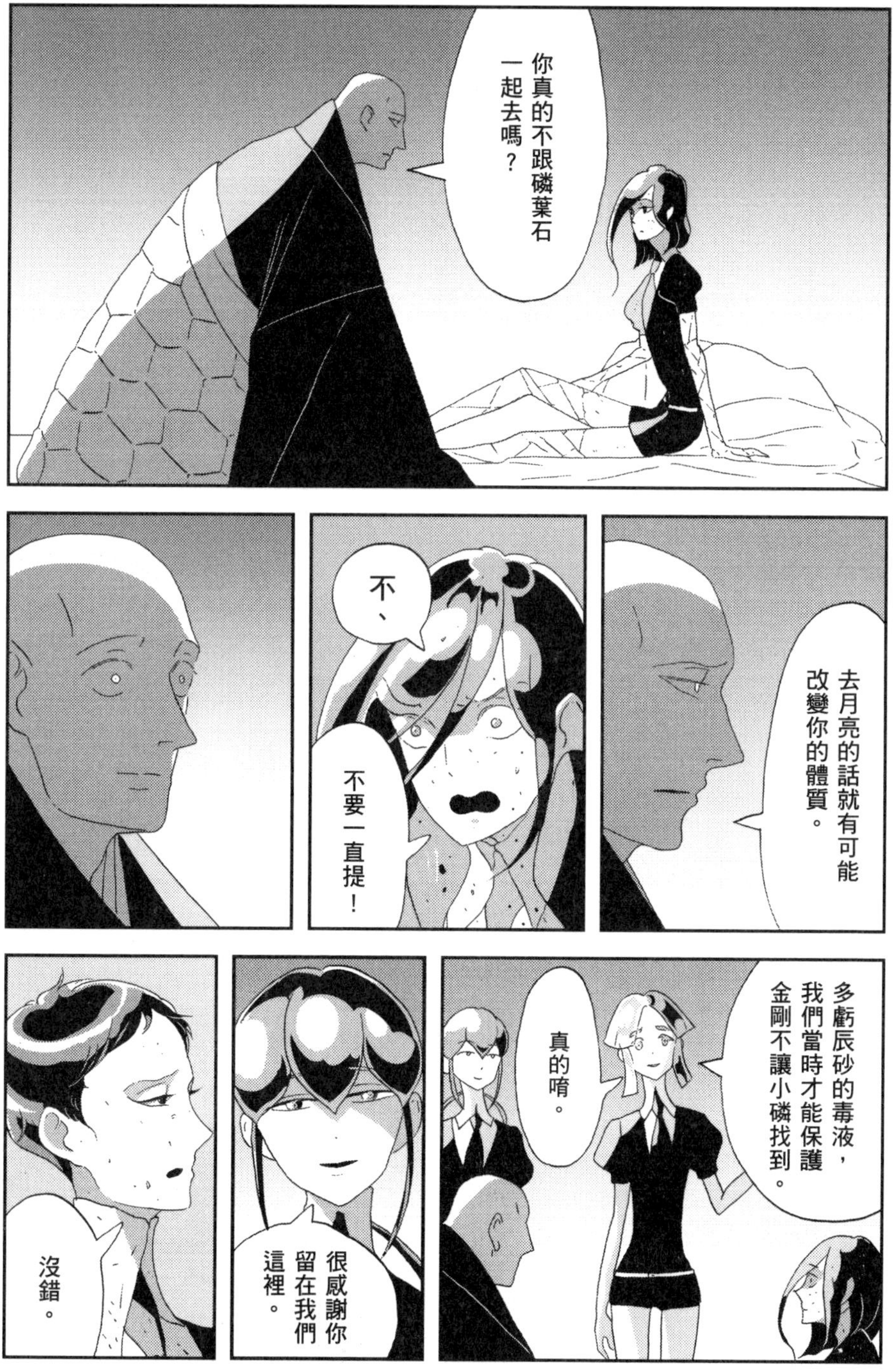
你真的不跟磷葉石一起去嗎？
去月亮的話就有可能改變你的體質。
不、
不要一直提！
多虧辰砂的毒液，我們當時才能保護金剛不讓小磷找到。
真的唷。
很感謝你留在我們這裡。
沒錯。

幫、
幫助同伴，
是理所當然的。
對不起。
不是啦！小金。
要說「謝謝」啦。
笑一個。

謝謝。

（轟隆隆隆）
大家一大早起來都累了吧，休息一下吧。
後面是不是空間太小了，這邊有空位喔。
你，是黑水晶，沒錯吧？
我不喜歡那個名字。
你跟小磷是搭檔吧！
為什麼要這樣？
跟他搭檔的不是我，是小幽。
剛搭檔時我很反對，是他逼我接受的。

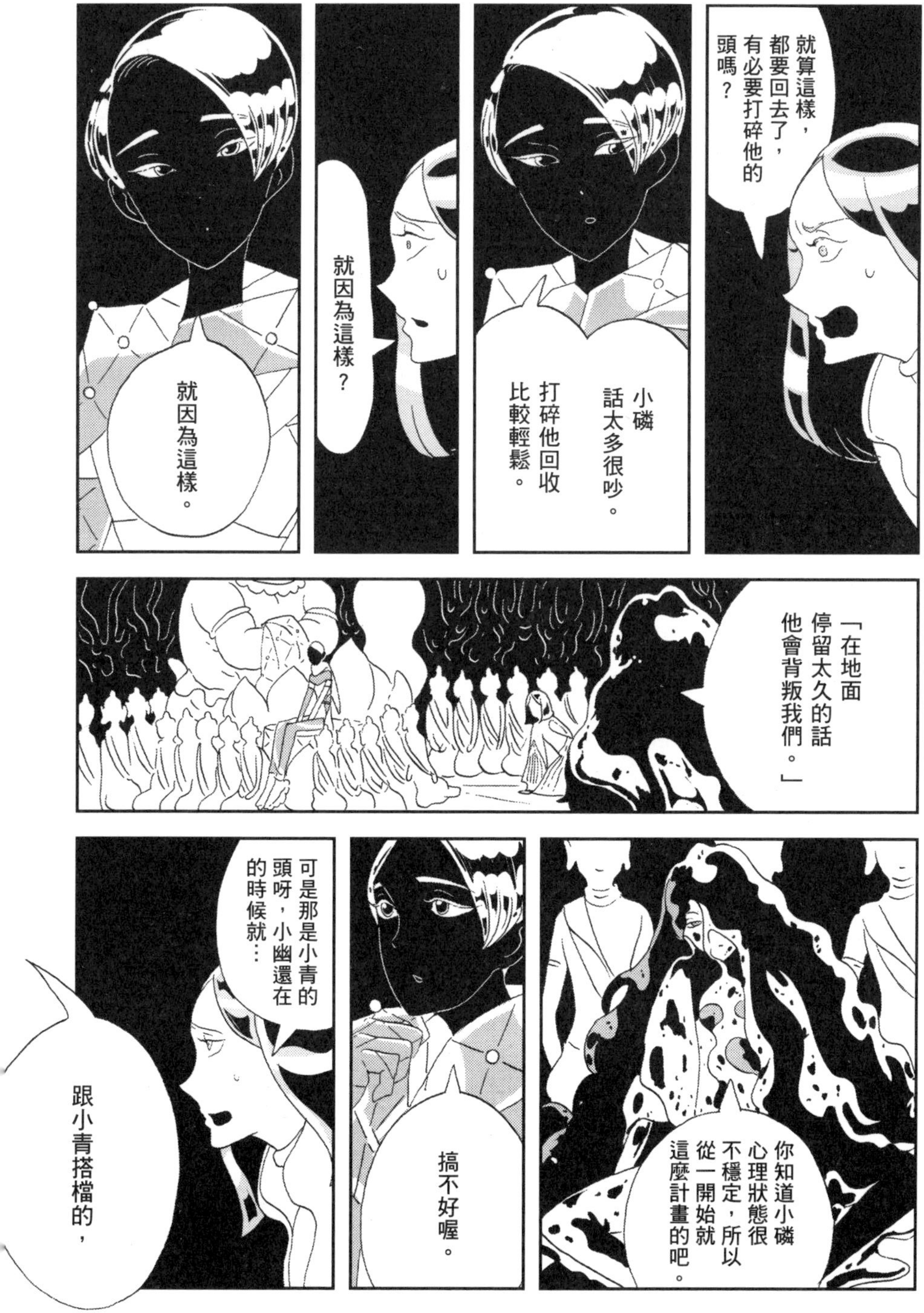

就算這樣，都要回去了，有必要打碎他的頭嗎？
小磷話太多很吵。
打碎他回收比較輕鬆。
就因為這樣？
就因為這樣。
「在地面停留太久的話他會背叛我們。」
你知道小磷心理狀態很不穩定，所以從一開始就這麼計畫的吧。
搞不好喔。
可是那是小青的頭呀，小幽還在的時候就…
跟小青搭檔的，

也不是我。
你們這群人不會懂，
眼球深處沒有任何人存在，
有多麼輕鬆。

我回來了~

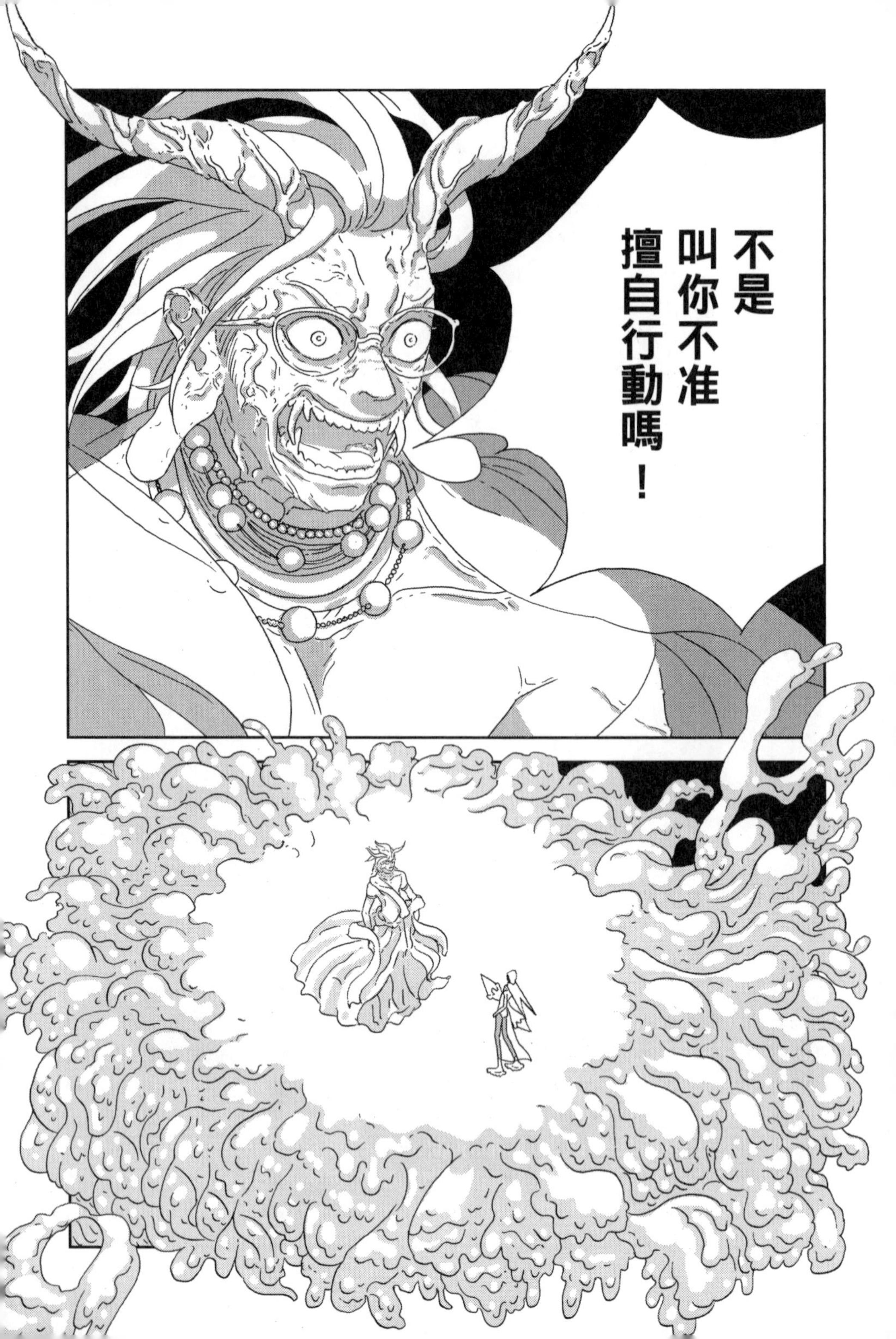
不是叫你不准擅自行動嗎！

可是…
你知不知道
我有多擔心。

加油
加油
加油
加油
加油
可是，
是你叫我自己想的。
而且天亮時出兵
也很麻煩不是嗎？
哎呀
傷腦筋耶
我來幫忙
回收的話，
阿沛我也要去回收
一定要去
搖
搖
可以早點結束，
大家也會比較
輕鬆啊。
明明大家好像都很忙，
卻只有我每天
穿不同的漂亮衣服
等你回家。
這樣
太過分了吧。
你很重要。

不過我動作很快吧？而且沒有任何人霧散啊！
魂飛魄散都是王子害的
是沒錯啦。
請給我們魄散費
對嘛～！
回收活動很開心
你沒有損傷吧？
嗯。
回去要好好檢查一下。
你呀！這種事不要在外頭說啦！
有什麼關係。
討厭啦
哈哈哈哈哈哈

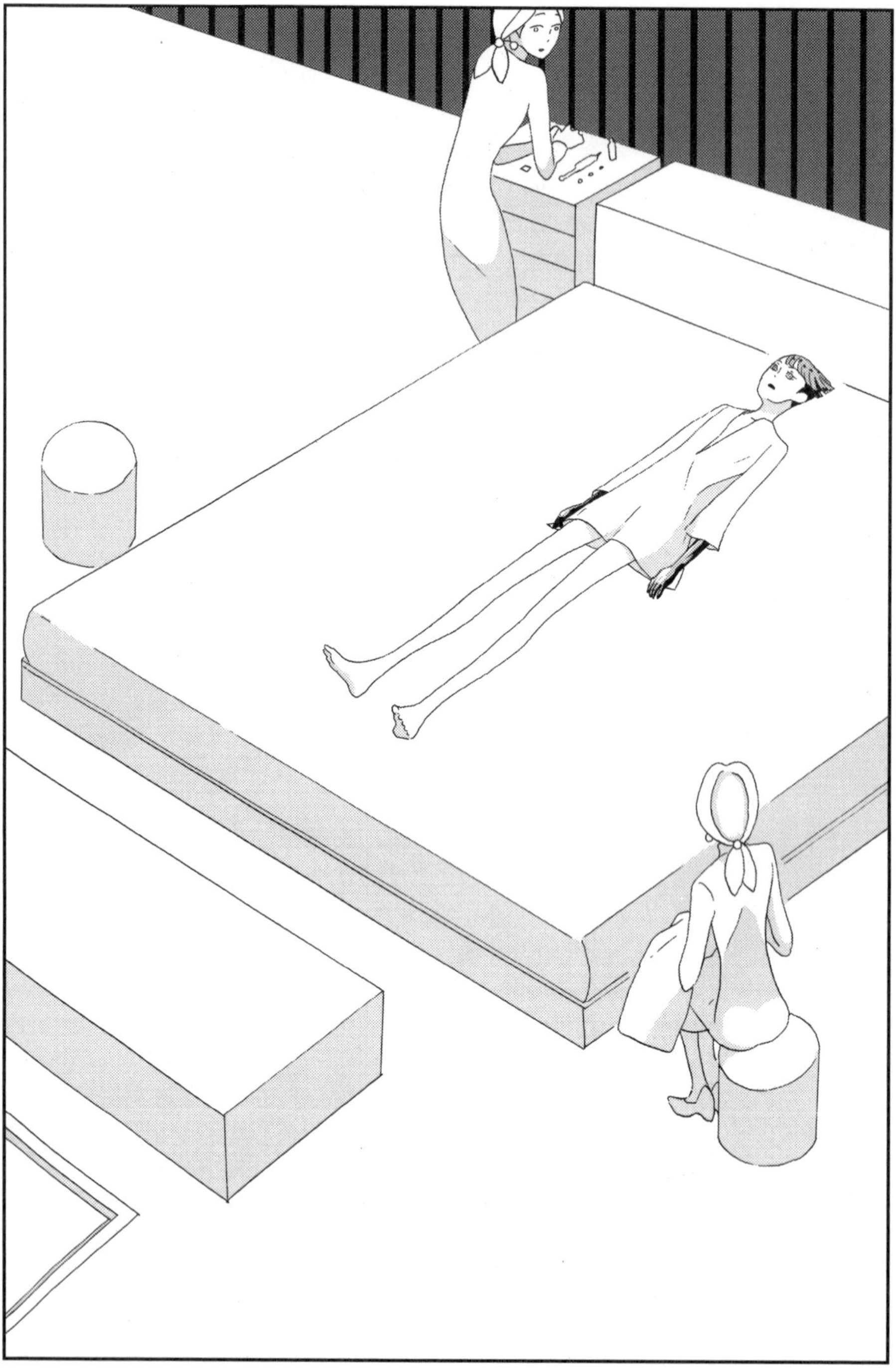

〔第七十一話　失敗〕　終

第七十二話
救世主

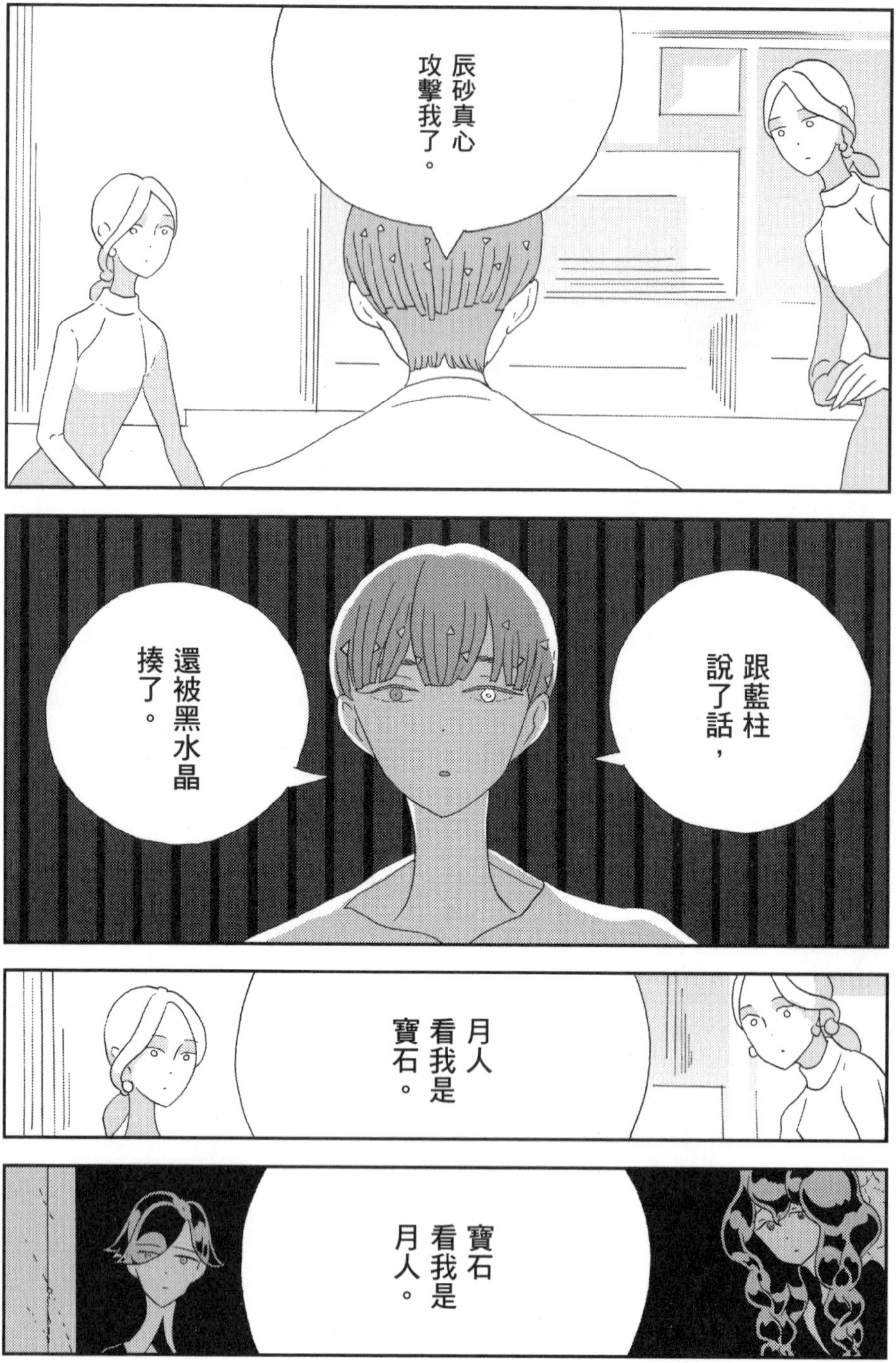
辰砂真心攻擊我了。
跟藍柱說了話，
還被黑水晶揍了。
月人看我是寶石。
寶石看我是月人。

我到底是什麼？
你是磷葉石。
我們月人的希望。
裂
就算我連金剛也沒能見到嗎？

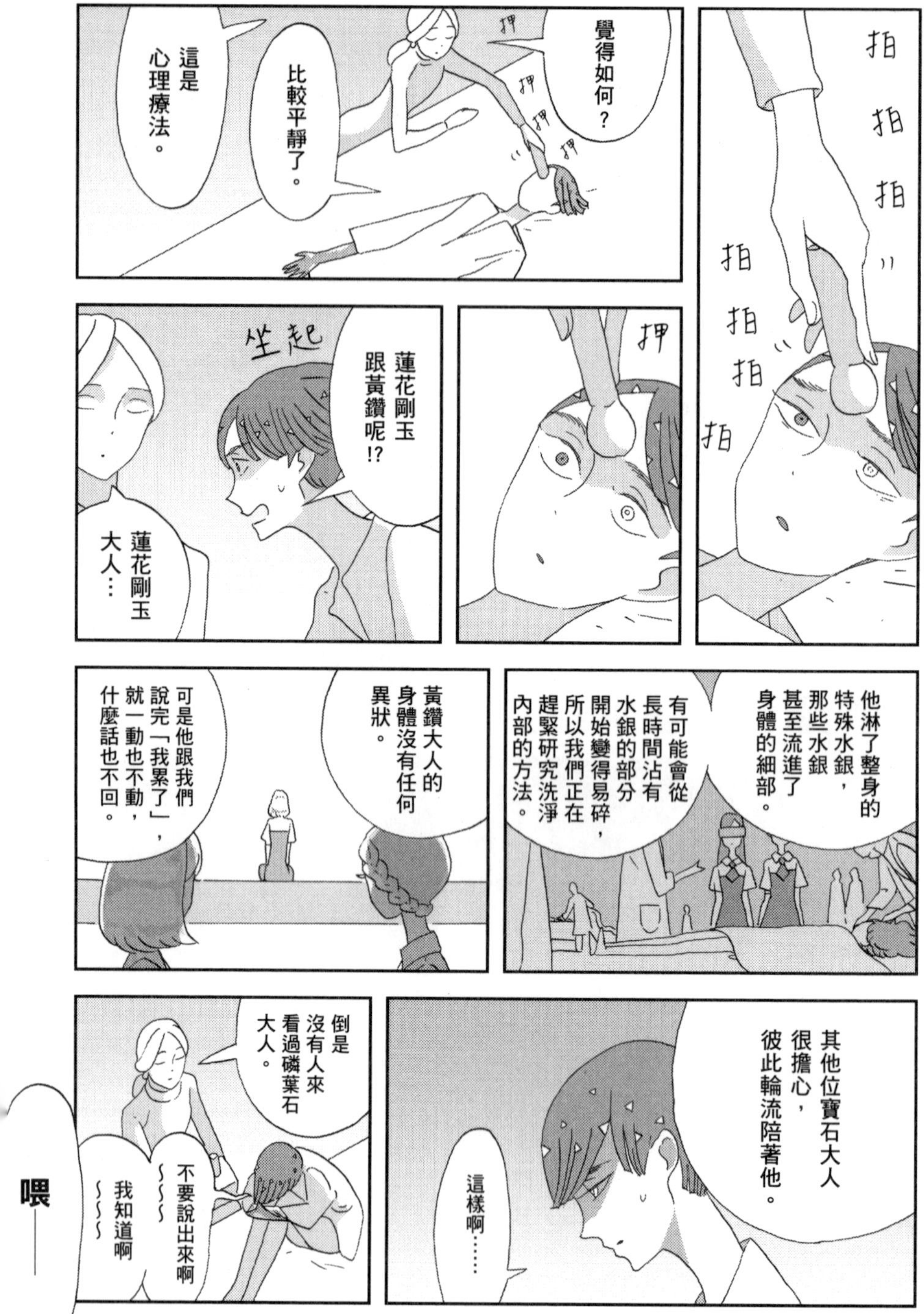

拍
拍
拍
拍
拍
拍
拍
覺得如何？
押
押
押
押
比較平靜了。
這是心理療法。
押
坐起
蓮花剛玉跟黃鑽呢!?
蓮花剛玉大人…
他淋了整身的特殊水銀，那些水銀甚至流進了身體的細部。
有可能會從長時間沾有水銀的部分開始變得易碎，所以我們正在趕緊研究洗淨內部的方法。
黃鑽大人的身體沒有任何異狀。
可是他跟我們說完「我累了」，就一動也不動，什麼話也不回。
其他位寶石大人很擔心，彼此輪流陪著他。
這樣啊……
倒是沒有人來看過磷葉石大人。
不要說出來啊～～～
我知道啊～～～
喂——

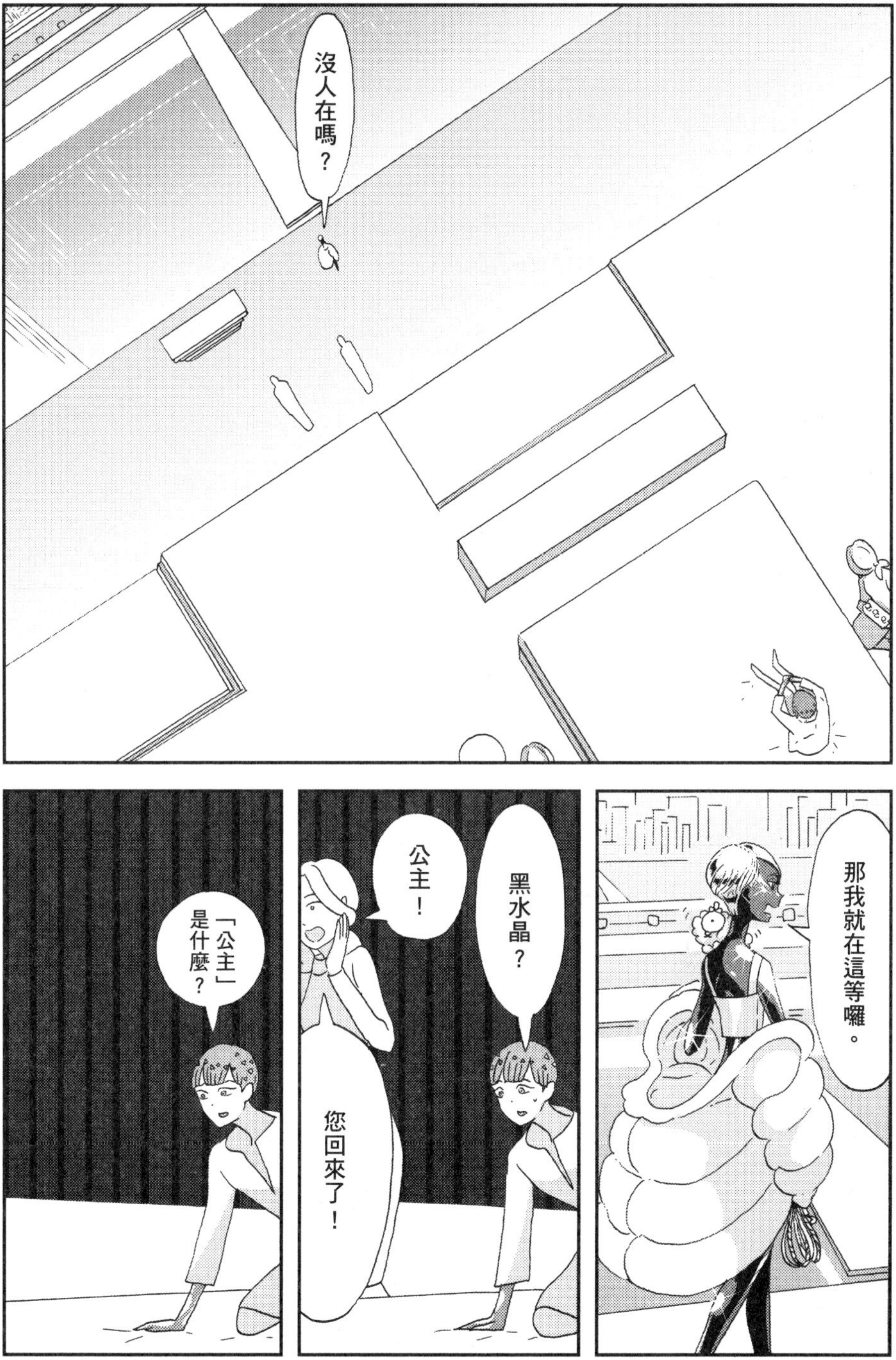
沒人在嗎？
那我就在這等囉。
黑水晶？
公主！
您回來了！
「公主」是什麼？

都拼好了嗎？
啊，嗯。
那是……？
這個？
有人拿來叫我照顧牠。
誰？
就那傢伙啊。
對了，話說，
你說不會下去地面，
最後還是來幫忙了。
雖然幫的方式有點混亂啦，很有黑水晶的風格。
謝謝。

果然你還是最能信賴的人。
你誤會大了。

這次去回收你們是為了那傢伙。
以前我是被殘留在眼瞳裡的小幽操縱，不得已才會幫你，現在小幽已經被拿掉了。
讓你以為我們是親密的朋友，真抱歉啊。
忘了吧。
你說的那傢伙，
是艾庫美亞？
對。

……竟然。
你認真喜歡艾庫美亞嗎？
是呀。
品味真差。
吵屁啊 你這複合體醜八怪，頭還想被敲碎嗎？
敢說我？你這暴力醜八怪。想敲碎我的頭才沒那麼容易啦。
反正，
你沒辦法理解那傢伙的魅力啦。
我真的無法理解～
到底哪裡好了啊～
觸感。
那個人蓬蓬鬆鬆，有夏夜裡的香味，頭腦很好卻很害羞，我們兩個獨處時又很健談，這一點也很可愛。
可愛？那傢伙？
噁心。
閉嘴醜八怪。
你才醜八怪。

我說，
你跟大家要好好相處啊。
可能不行了……
畢竟你太冷酷無情了嘛。
啥!?
我怎麼可能冷酷無情啊!?
的確，這一次是失敗了。
可是那也沒辦法啊，太多事情是第一次做啊……！就算那樣，我之所以行動還不都是為了大家，
希望有一天每個人能輕鬆地過日子……！

你知道黃鑽跟蓮花剛玉現在的狀態，居然還說得出那種話？
我說你啊，真的是。
你一直覺得周遭的事能順利進行是靠自己的力量吧？
其實一直以來都是別人發現後忍氣吞聲默默地幫助你。
因為你帶我來月亮，對我有恩，我才跟你說這些。
最好別再為了不在這裡的同伴，
而隨便對待身邊的人。
否則過不久每個人都會離開你的。

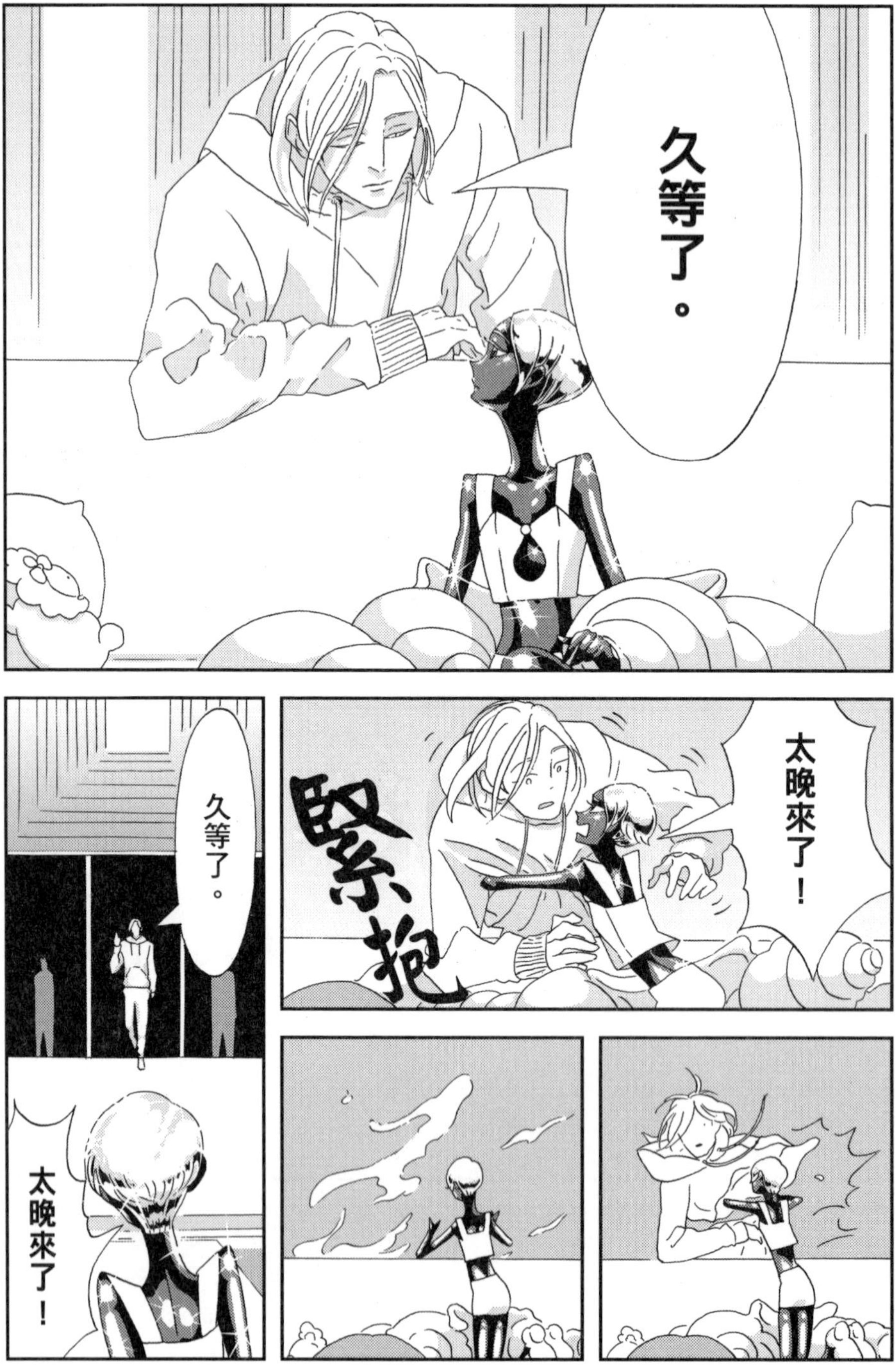
久等了。
太晚來了！
緊抱
久等了。
太晚來了！

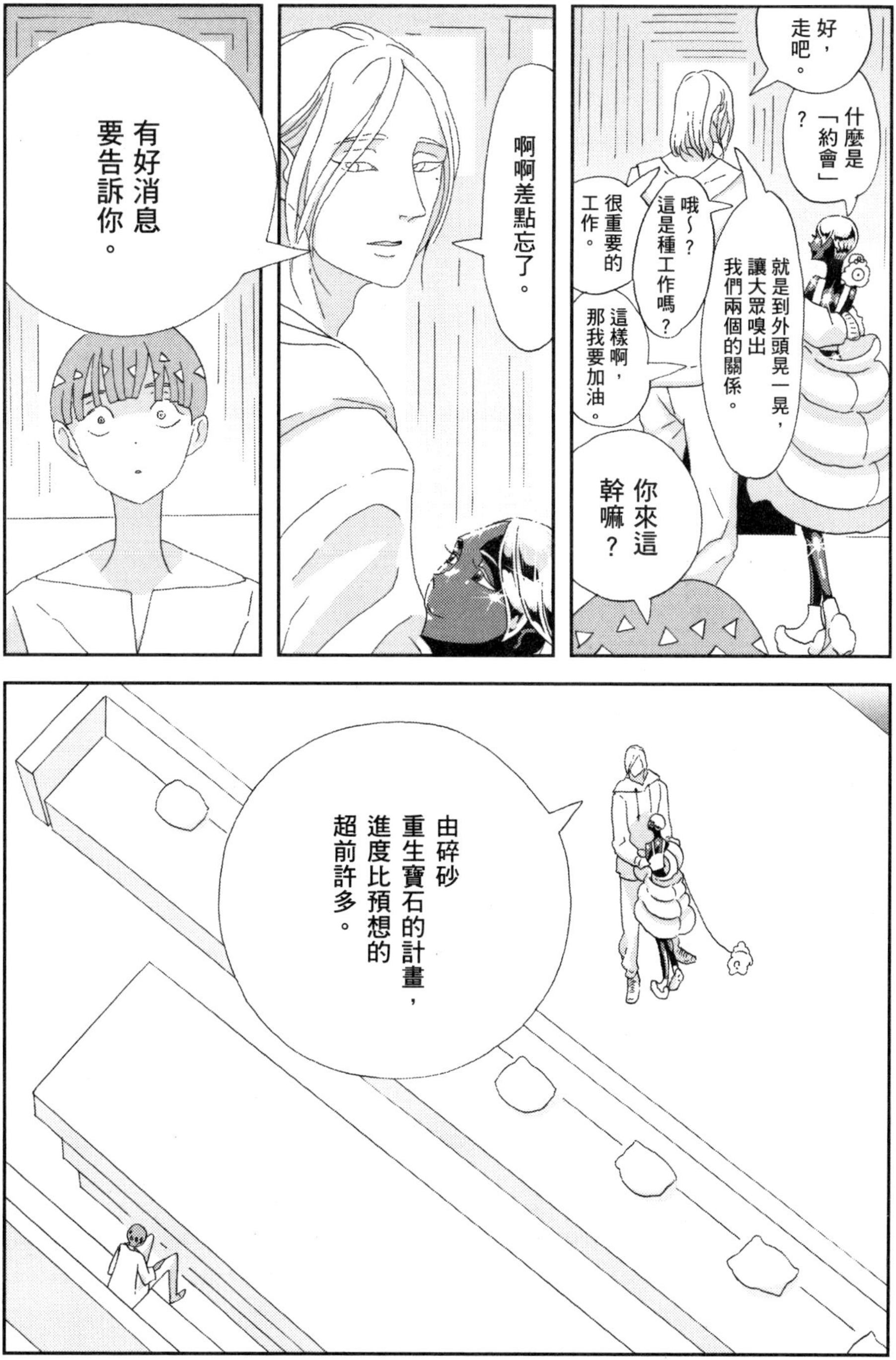
好，走吧。
什麼是「約會」？
就是到外頭晃一晃，讓大眾嗅出我們兩個的關係。
哦～？這是種工作嗎？
很重要的工作。
這樣啊，那我要加油。
你來這幹嘛？
啊啊差點忘了。
有好消息要告訴你。
由碎砂重生寶石的計畫，進度比預想的超前許多。

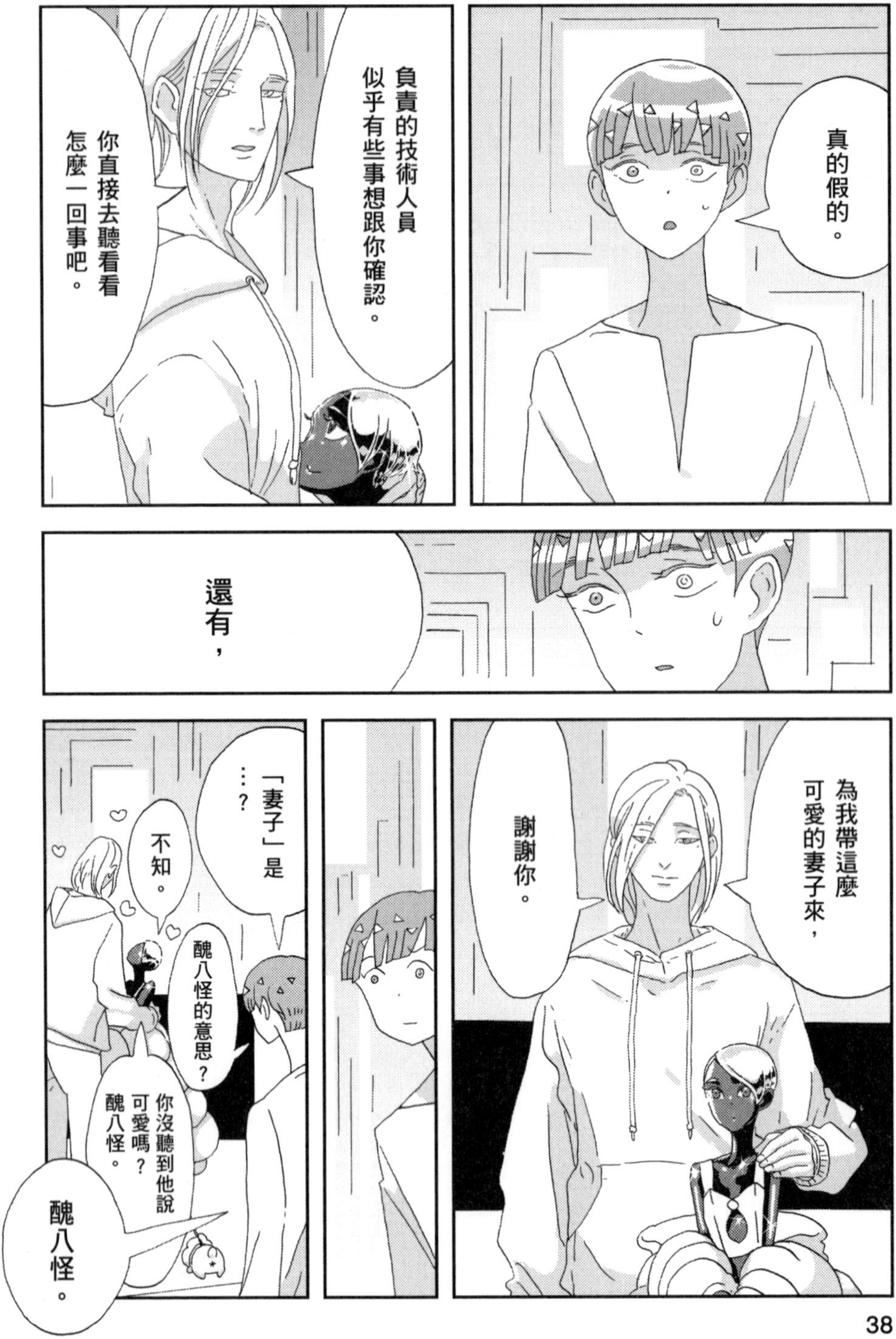
真的假的。
負責的技術人員似乎有些事想跟你確認。
你直接去聽看看怎麼一回事吧。
還有，
為我帶這麼可愛的妻子來，
謝謝你。
「妻子」是…？
不知。
醜八怪的意思？
你沒聽到他說可愛嗎？醜八怪。
醜八怪。

我再一次體會到人類的詛咒力量有多強大，有時候連我也沒辦法違背它……
你呀，真是的，到底在說什麼。
不過我就喜歡你這點！
所以話說完了？

（沙—）
這裡這裡。

※譯註：巴爾巴塔（Barbata）在拉丁文有「長鬍鬚的」之意。

這是紅鑽石。

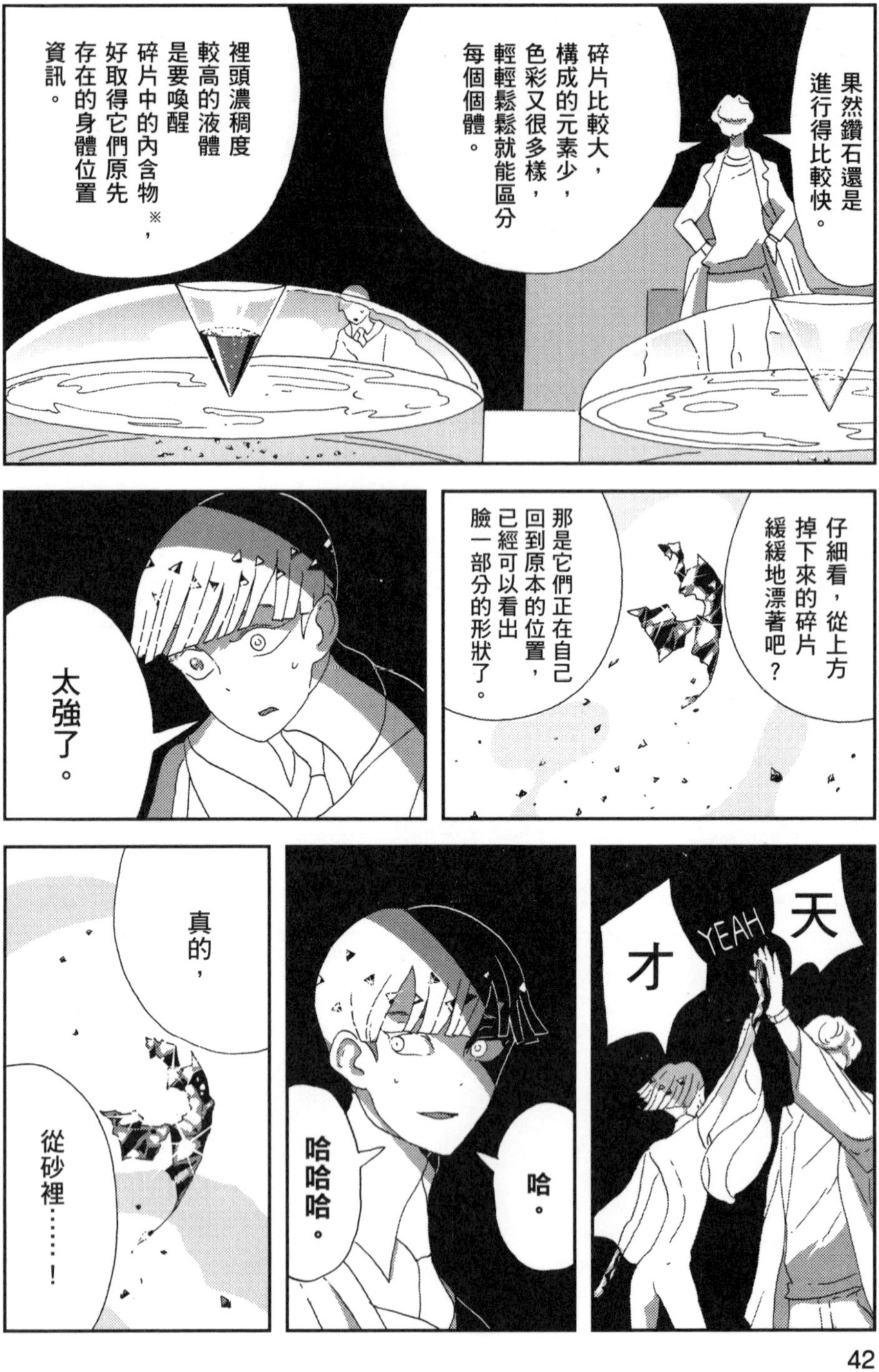
果然鑽石還是進行得比較快。
碎片比較大，構成的元素少，色彩又很多樣，輕輕鬆鬆就能區分每個個體。
裡頭濃稠度較高的液體是要喚醒碎片中的內含物※，好取得它們原先存在的身體位置資訊。
仔細看，從上方掉下來的碎片緩緩地漂著吧？
那是它們正在自己回到原本的位置，已經可以看出臉一部分的形狀了。
太強了。
天才
YEAH
哈。
哈哈哈。
真的，
從砂裡……！

※寶石體內的微小生物。

你們看吧！
就算只有我一個人這麼想，
我做的事是正確的！
那個醜花瓶給我記著
那麼，
喀
在我們進行下一步以前，

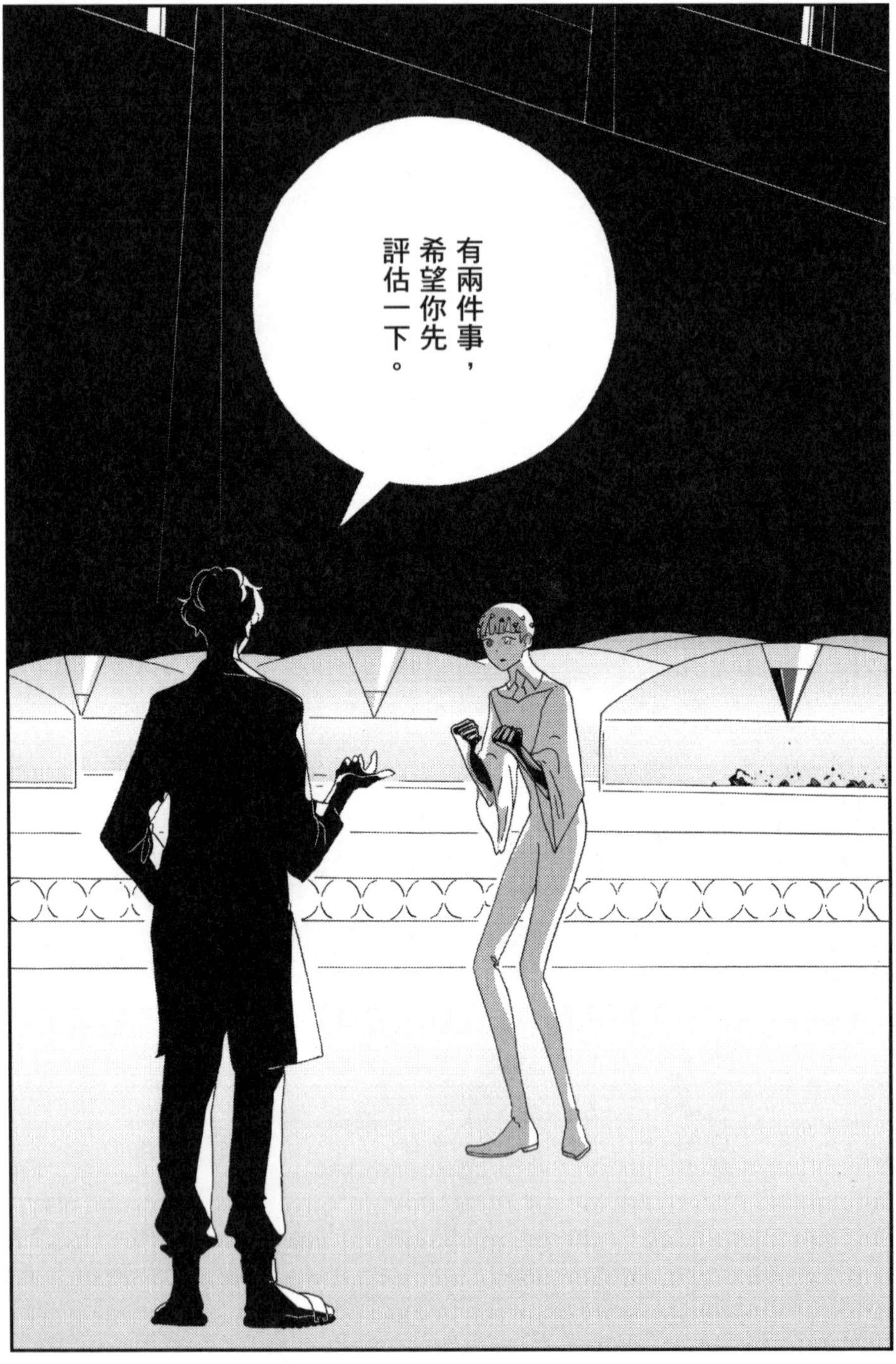


〔第七十二話　救世主〕　終

第七十三話
選擇
第一，

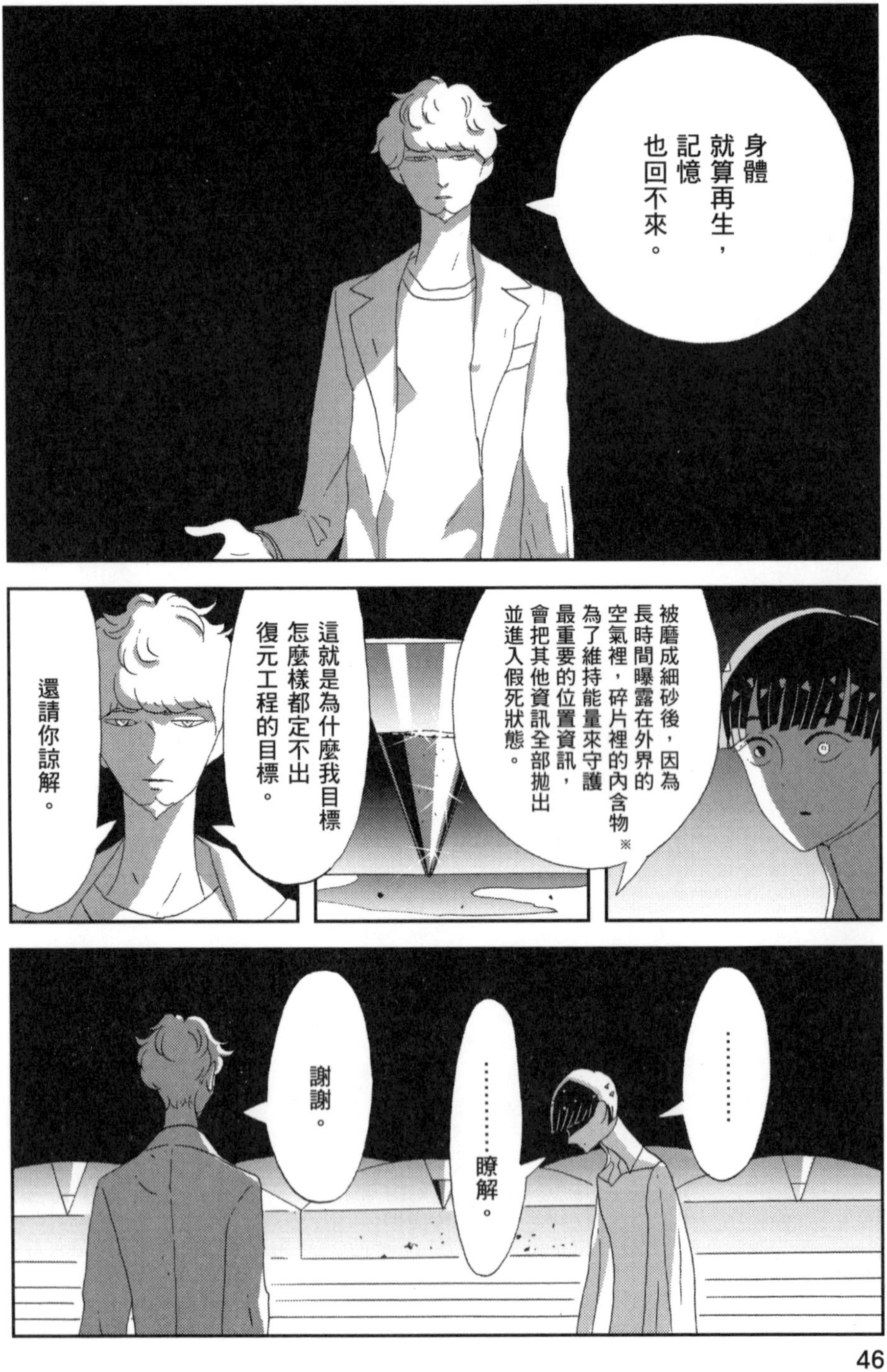
身體
就算再生，
記憶
也回不來。
被磨成細砂後，因為
長時間曝露在外界的
空氣裡，碎片裡的內含物※
為了維持能量來守護
最重要的位置資訊，
會把其他資訊全部拋出
並進入假死狀態。
這就是為什麼我目標
怎麼樣都定不出
復元工程的目標。
還請你諒解。
…………
……
瞭解。
謝謝。

※存在於寶石體內的微小生物。

啊～
還有，
第二，
這有點難以啟齒……
我們得從艾德密拉畢里斯那進行回收。
艾德密拉畢里斯？
你也知道，
艾德密拉畢里斯一族，

他們會吃砂。
他們的殼就是砂在體內再結晶後所產生的。
我聽說你在地面上也曾被吞食並再生。
嗯？
啊……對。
看來你記憶的分布也有怪癖……
算了沒差，就是這樣。
問題在於，

艾德密拉畢里斯一族的外型與身體構造相當多樣。
他們世代交替的週期既短又頻繁，變化很快，很容易分化出新物種，在六顆月亮上也有不同的生態系，就算是專門研究人員都沒辦法完全掌握他們的全貌。
可以輕易把柔軟的身體跟殼分開的個體變少了，也就是你當時遇到的那種，而與殼合為一體或是砂會在體內再結晶化的個體變多了，所以……
啊～我就別兜圈子了，抱歉。
也就是啊，
其實，
直截了當地說，
要讓你們完美再生，

必須殺死所有的艾德密拉畢里斯才行。
「殺死」這個詞對你們來說很陌生吧。
意思是要肢解他們，使他們永遠消失。

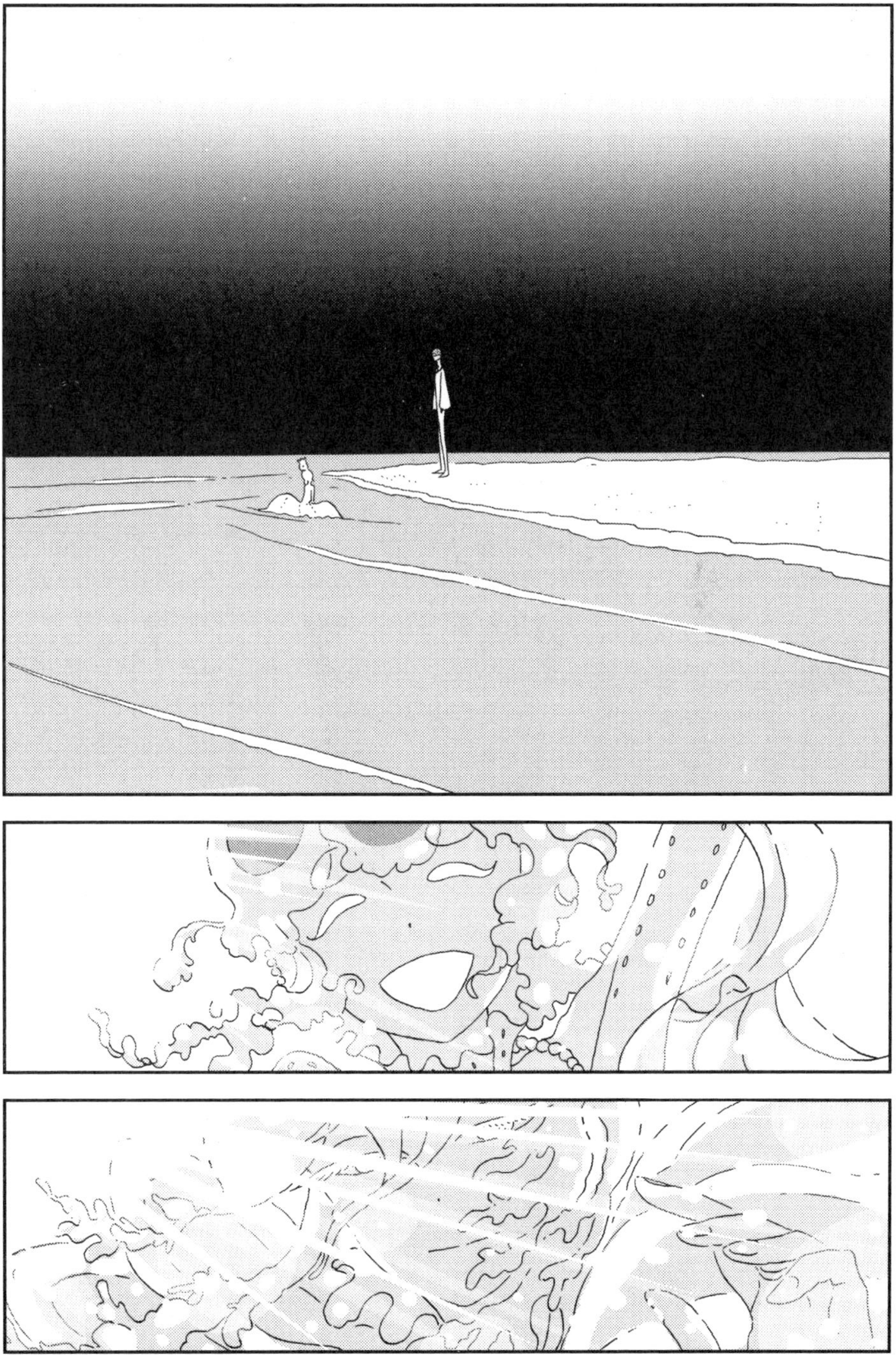

我們一直想創造寶石的合成體，可是都失敗了。
我的立場是希望盡可能提高本體的純度，寶石能收集多少就多少。
因為就算加上被保管在地球上的那些部分，
讓感情纖細的你們沒有任何記憶強行再生，還混雜著合成物，
能有幾個個體還能保有自我？說真的我很不安。
就算你同意我們去回收艾德密拉畢里斯，他們也會非常抗拒，得費很多工夫吧。
另一種方式，就是得抑止他們繁殖，等他們慢慢滅絕後再行回收。
但是，

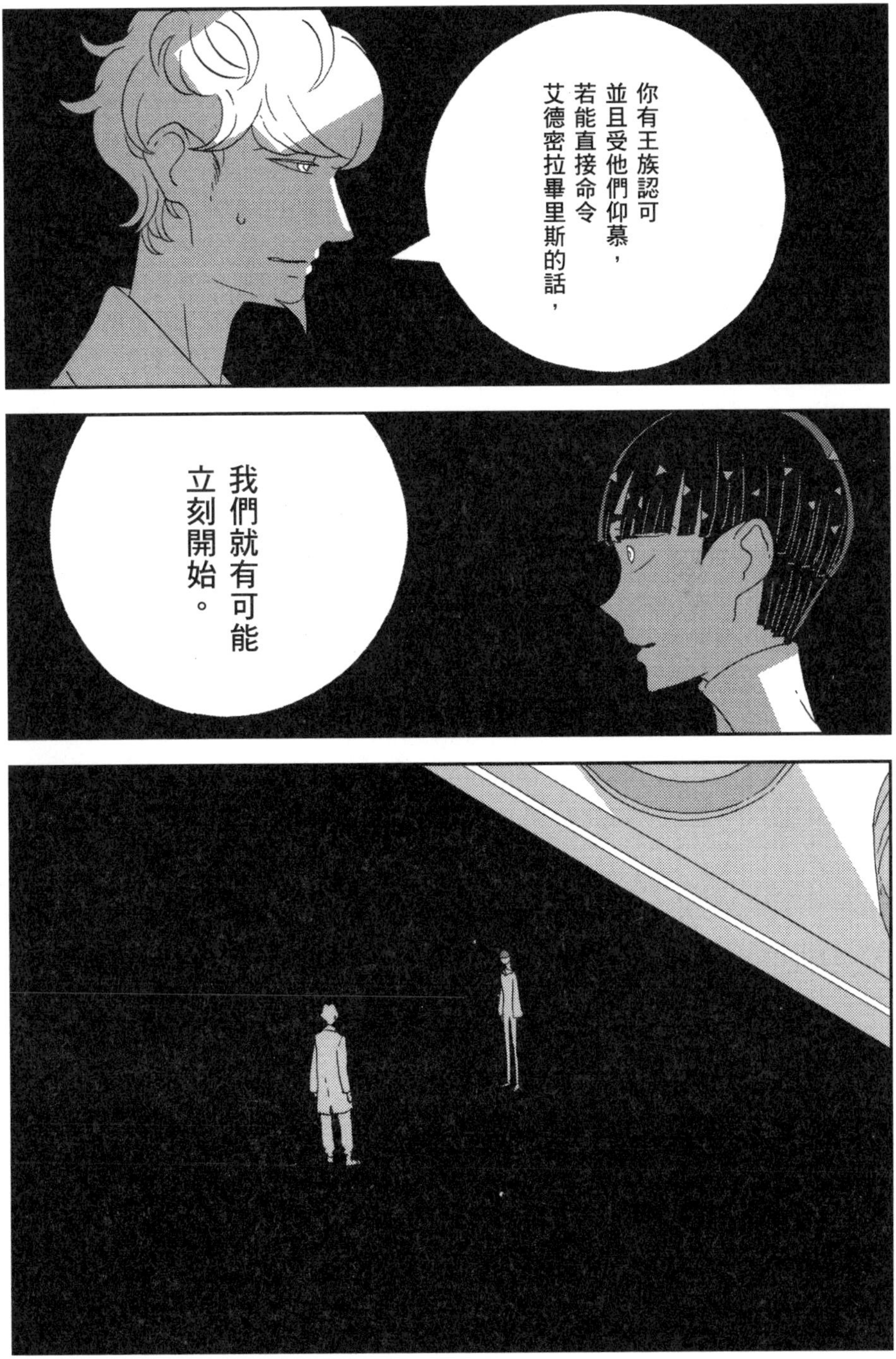
你有王族認可
並且受他們仰慕，
若能直接命令
艾德密拉畢里斯的話，
我們就有可能
立刻開始。

讓我考慮一下。

啊啊，當然當然。
怎麼說呢……
抱歉啊。
……說抱歉還是挺怪的。
我這邊還是會找看看有沒有其他辦法。
不過別抱太多期待。
到目前為止，以我的經驗跟直覺，
最後還是相當有可能碰上一樣的問題。
喀滲

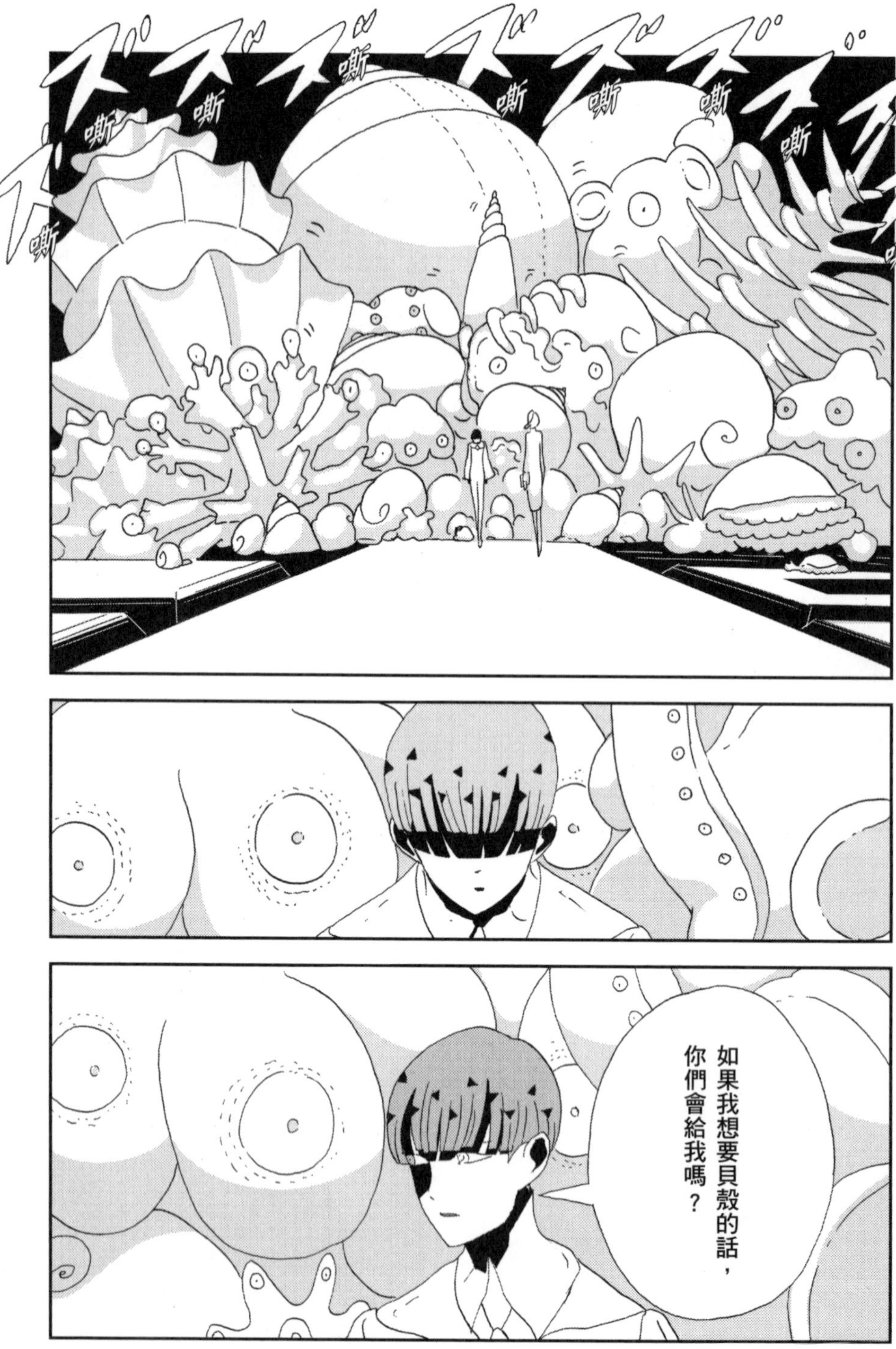
ズ 嘶
ズ 嘶
ズ 嘶
ズ 嘶
ズ 嘶
ズ 嘶
ズ 嘶
ズ 嘶
ズ 嘶
如果我想要貝殼的話，你們會給我嗎？

啊，居然都……
沙
沙
沙
沙
沙
沙
沙
沙
王的命令……
拉長
啪滋
拉長
ギュ
拉長
ギュ
拉長
ギュ
拉長
拉長
裂
ギュ

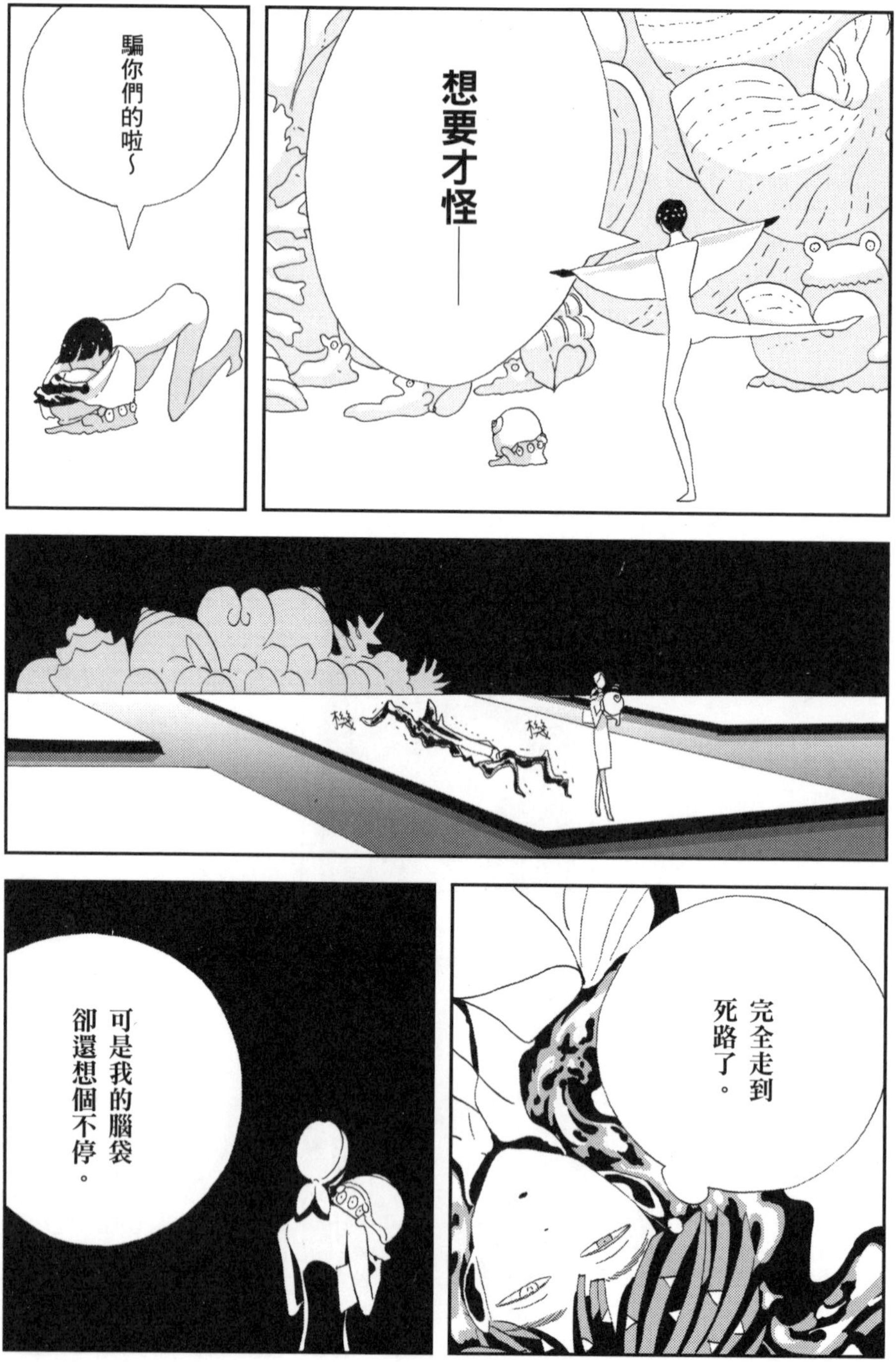
想要才怪——
騙你們的啦~
機
機
完全走到死路了。
可是我的腦袋卻還想個不停。

嘰
嘰
啊。
小磷。
沒事吧？
嗯……
重心不穩……
抱歉。

黃鑽和
蓮花剛玉
變成現在這樣，
我真的很抱歉。
我不想
再繼續
傷害大家了。
所以
下一次…

聽我說話嘛～！
我在聽。
我在聽。
騙人！
黑水晶變得很可愛呀。
那兩個傢伙～那個醜八怪～我該把他打碎才是。
我比較可愛。
你這樣真的不行啦。
哎呀哎呀 黑水晶居然喜歡這種類型的 哎呀—
居然黏在一起 好敢喔— 好意外—
哇～
小鑽！
哎呀哎呀
原來是那樣啊
黑水晶似乎非常開心呢。
這才是真正的黑水晶吧，以前都沒能注意到，真是我不好。
啊啊……
想不到會看到王子那麼生氣勃勃的樣子……！
掉落
艾庫美亞昏倒了嗎？
不，這是種戀愛的策略，為了要吸引黑水晶。
喂～
聽我一下嘛～
很重要的事～
啊！
透綠柱！

小磷。
下次帶我一起去。
我詢問過蓮花剛玉的主治醫師了。
動手術的話，

〔第七十三話　選擇〕　終

## 第七十四話 慶典

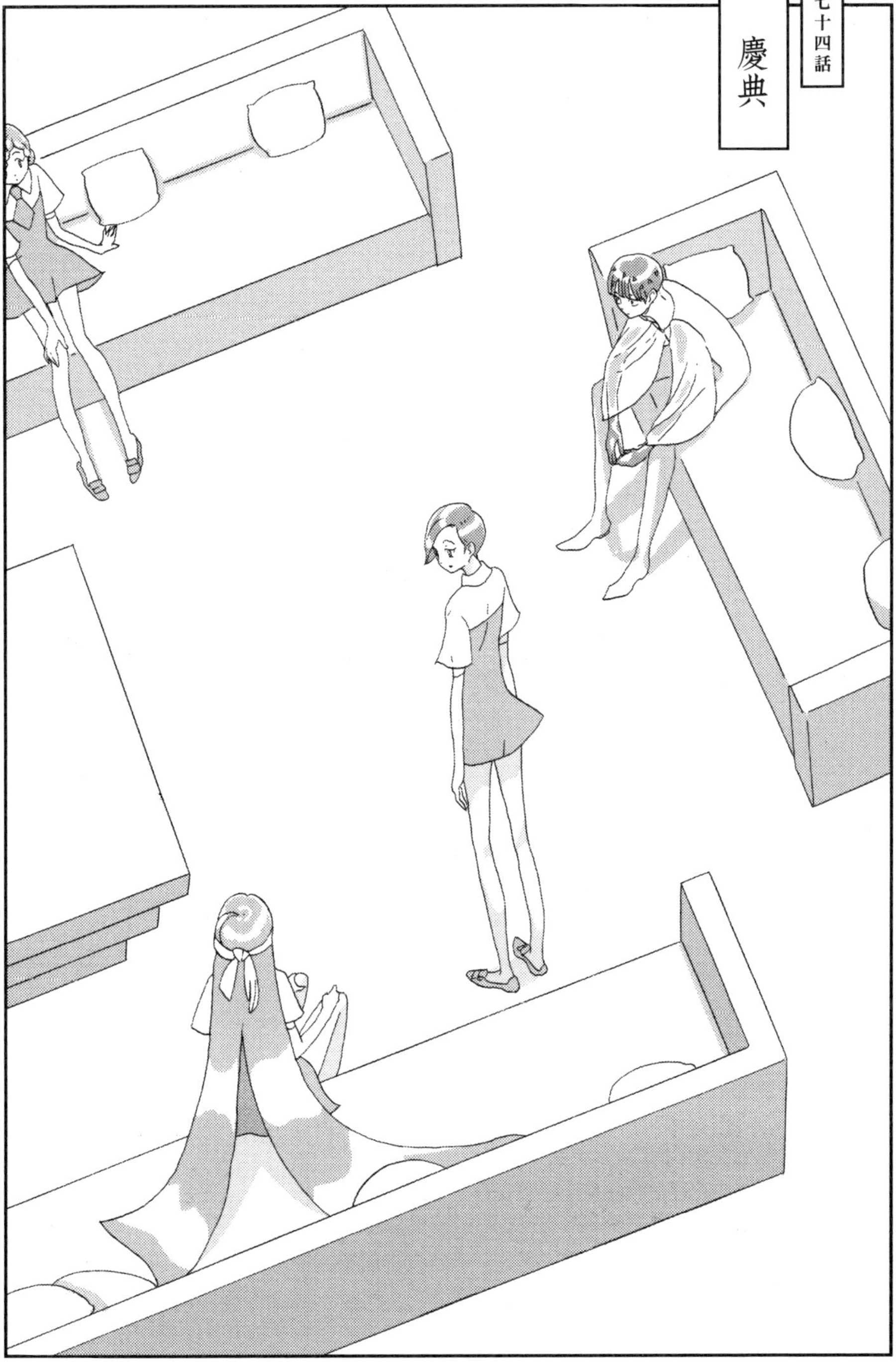

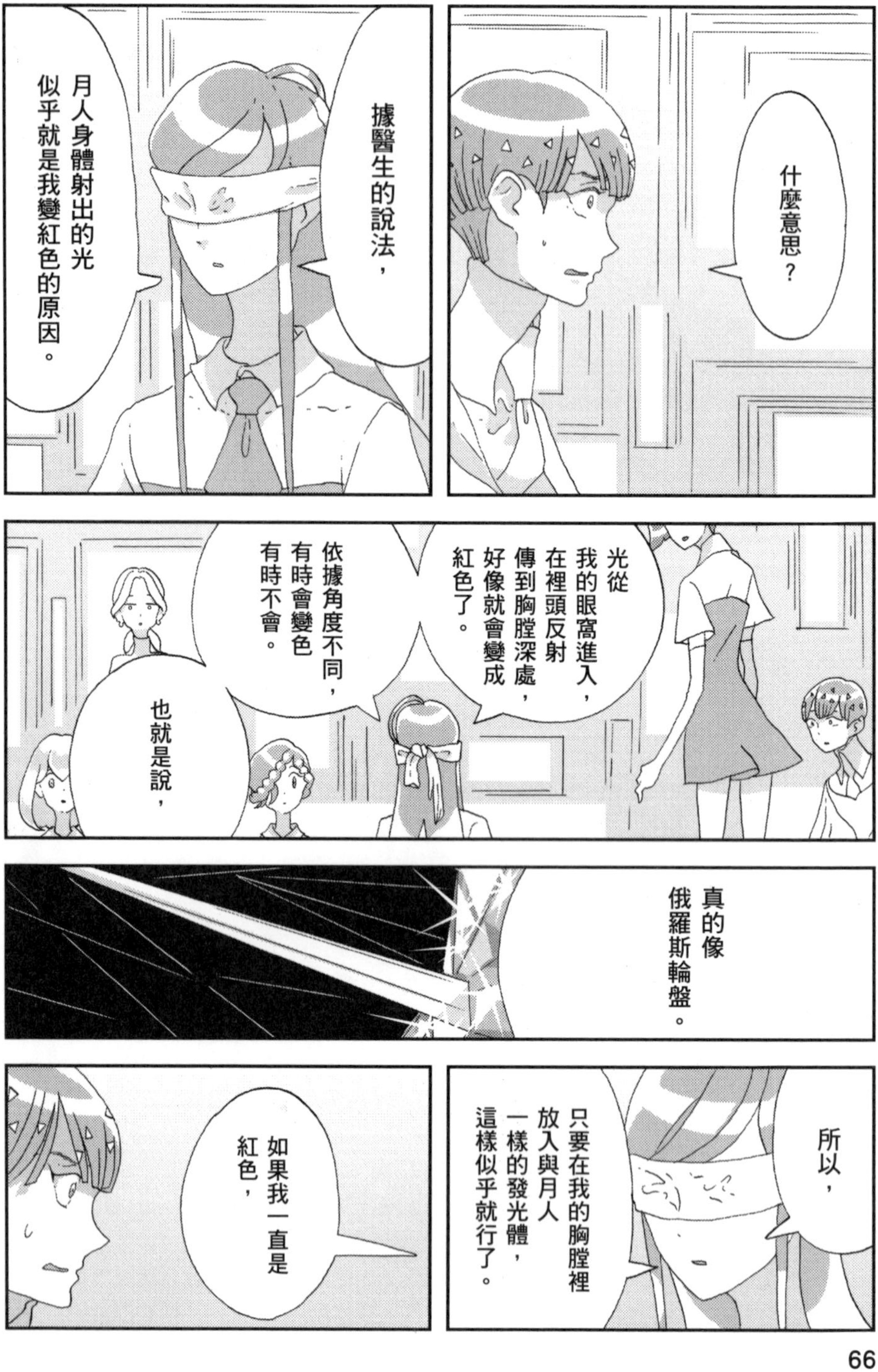
什麼意思？
據醫生的說法，
月人身體射出的光似乎就是我變紅色的原因。
光從我的眼窩進入，在裡頭反射傳到胸膛深處，好像就會變成紅色了。
依據角度不同，有時會變色有時不會。
也就是說，
真的像俄羅斯輪盤。
所以，
只要在我的胸膛裡放入與月人一樣的發光體，這樣似乎就行了。
如果我一直是紅色，

就不會像黃鑽一樣，跟老師或同伴戰鬥時內心崩潰。
只是不知道我能不能像蓮花剛玉那樣有戰力。
可是…
金綠寶石回來的話我就恢復。
怎、

怎麼行啦！
哪有這種事！
一直是紅色的很危險耶！從來沒有這樣過，不知道會有什麼後果！
就算是要戰鬥好了，你連是敵是友都分不出來不是嗎!?
所以必須靠你制止我。
呃。
小藍來阻止紫翠？
呃。
呃。
是的。
你之前都做得不錯啊，之後要再拜託你了。
不、
不要。

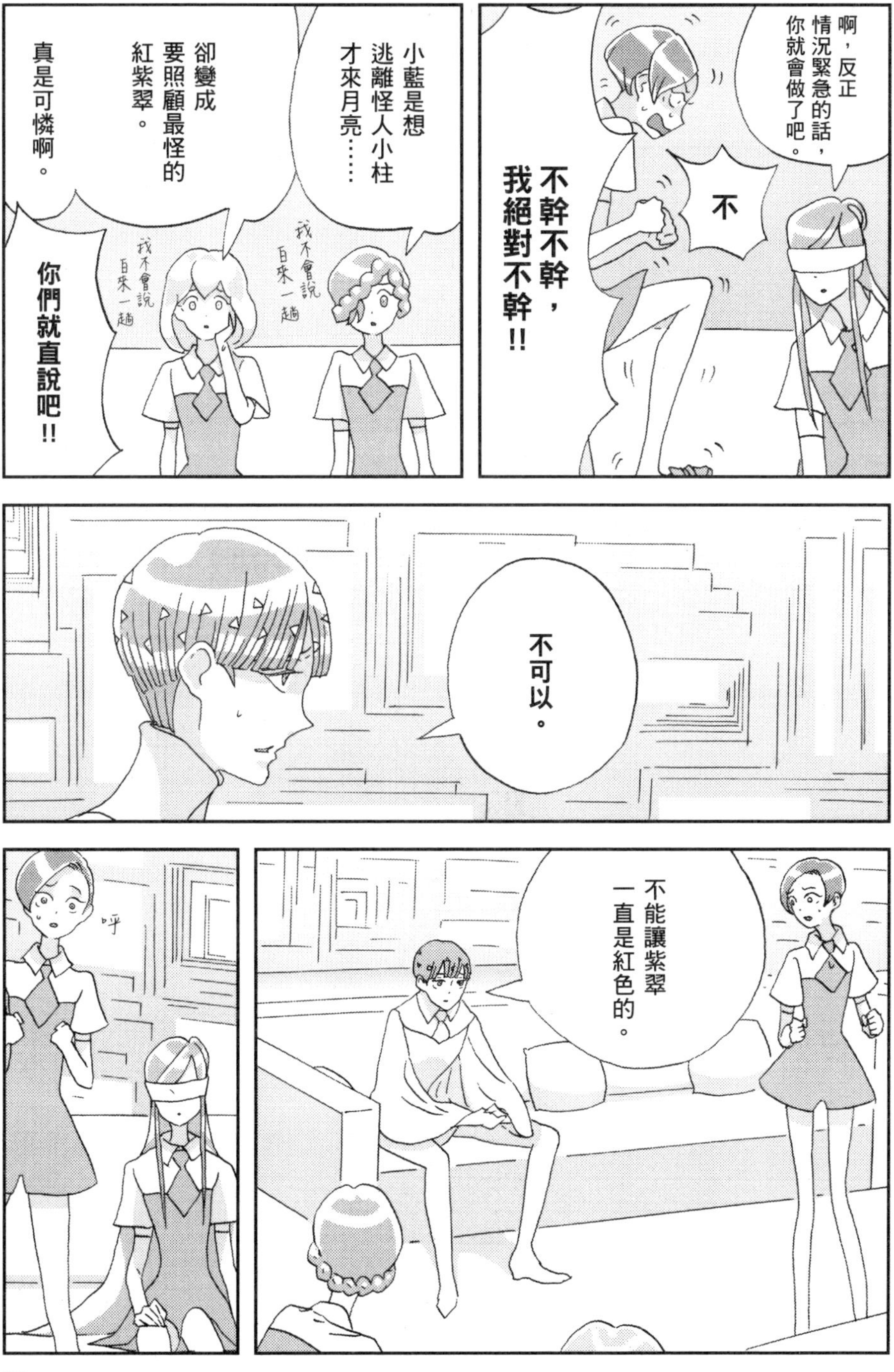
啊，反正情況緊急的話，你就會做了吧。
不
不幹不幹，我絕對不幹!!
小藍是想逃離怪人小柱才來月亮……
我不會說百來一趟
卻變成要照顧最怪的紅紫翠。
真是可憐啊。
我不會說百來一趟
你們就直說吧!!
不可以。
不能讓紫翠一直是紅色的。
呼

下次
我一個人去。
我去見老師，
問他為什麼
不能為他們
祈禱。
不，
不對。
應該說，

請他能為月人祈禱。

可是，
這次不是被黑鑽和辰砂阻止，連老師都見不到嗎？
驚
不會重蹈覆轍嗎？
我這次不會帶武器去。
什麼？
老師之所以沒有出來，
恐怕是因為他還是很珍視我們，所以無法攻擊我們。

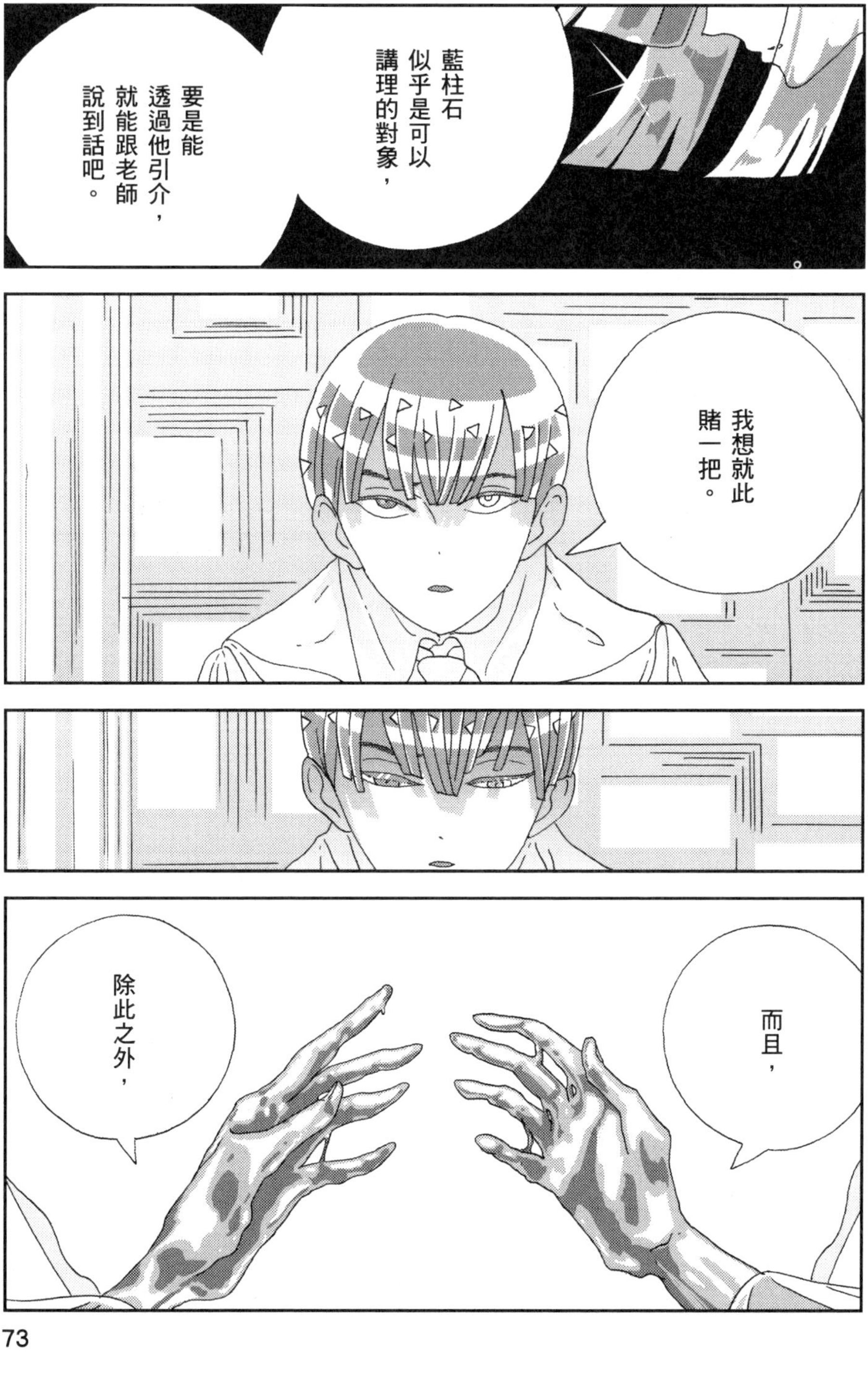
藍柱石似乎是可以講理的對象，
要是能透過他引介，就能跟老師說到話吧。
我想就此賭一把。
而且，
除此之外，

我已經想不出別的辦法了啊……

轉達給艾庫美亞吧。
是。
玩得愉快嗎？
有啊！

想怎麼動就怎麼動真是太棒了～！
跳
能夠一直穿可愛又好看的衣服也很讓人開心！
小幽他啊～老是說「這樣穿不像小南」這種話～
用厭惡的樣子看著我～！
你選那件內衣時我很吃驚呢。
我以為寶石人無性別，會避免選有性吸引力的衣服。
嗯……
最左邊……
我們現在只有這些衣服 抱歉呀 這件？
這樣啊 那我剪裁也跟這件
一百零二年之間，

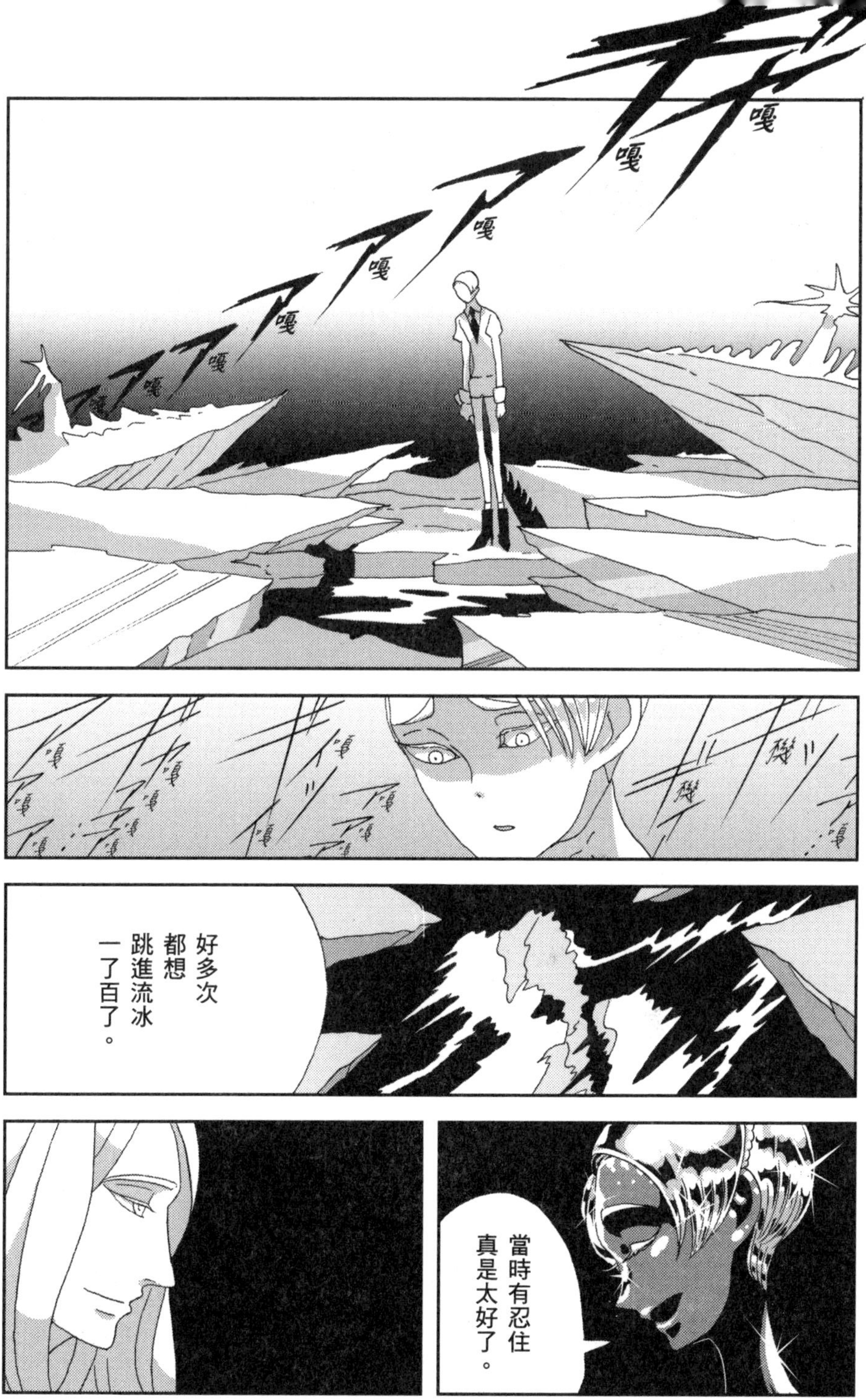

好多次都想跳進流冰一了百了。
當時有忍住真是太好了。

飄
飄
飄
飄
啊。
是來找你的吧？
失陪一下。
噗嘶
嗯。
什麼事？

好。
各部門可以開始首次準備了。
調整日程。
進行得很順利啊。

又是多虧了你。
又在說什麼啦～聽不懂～
艾庫美亞！
怎麼啦？
啊～你這傢伙…
怎麼那麼蓬鬆，

又那麼嚇人啊～♡
對了，
我其實之前就在想了，
黑鑽……
黑鑽……
小磷的計畫要是成功，月人化為虛無，
到時我們會被留在月亮上嗎？
一臉就是「我沒想過」的樣子。
小磷是不是漸漸變回笨蛋了啊……？
小紫……你以前講話有那麼刺人嗎……

不知道是因為我變成一個人，還是因為離開了老師，最近一直覺得自己該用心振作點。
畢竟蓮花剛玉和黃鑽都不在……
大家都只顧著眼前的事情，我很擔心啊。
我來教您操縱飛行船吧。
嗯，不過啊，
黑鑽……
飛行船不會也化為虛無吧？
想像圖
呀～
哇
城市各種機能都是自動生成，系統是根據月亮表面溫度高低來運作，我認為是沒有問題……我會再幫您確認。
磷葉石大人剛剛的提案，
王子已經許可了。
只不過，
他希望實際進行要在儀式之後。
「儀式」？
是近期將首次在月亮上舉辦的集會活動。
這活動包含了編入古代習俗的儀式，另一個目的是要讓國民認知到現在的寶石們與月人間正處於前所未有的合作及和睦狀態。
諸位寶石也請務必出席參加。
此外，本次儀式，
寶石代表是，
喔。
喀

黑水晶大人。
那個醜八怪！
月人代表是艾庫美亞大人。
竟然是那兩個傢伙！
這是要昭告一般大眾特別相愛的兩個人結為一體，我們的社會進入了新的階段。
哎呀這樣啊～～～～～
他們會挑逗彼此吧。
調情的儀式吧。
好像很有趣
這兩個人的組合會很有迫力，我不用看都知道。
也太有迫力了吧，找小磷跟賽米感覺比較和平不是嗎？
不過艾庫美亞長得很帥。
他們才相遇沒多久居然就能那麼契合呢。
我的隻身赴會大作戰你們怎麼沒那麼興奮啊。
此外儀式名為，
結婚典禮。

〔第七十四話　慶典〕　終

# 第七十五話 願望

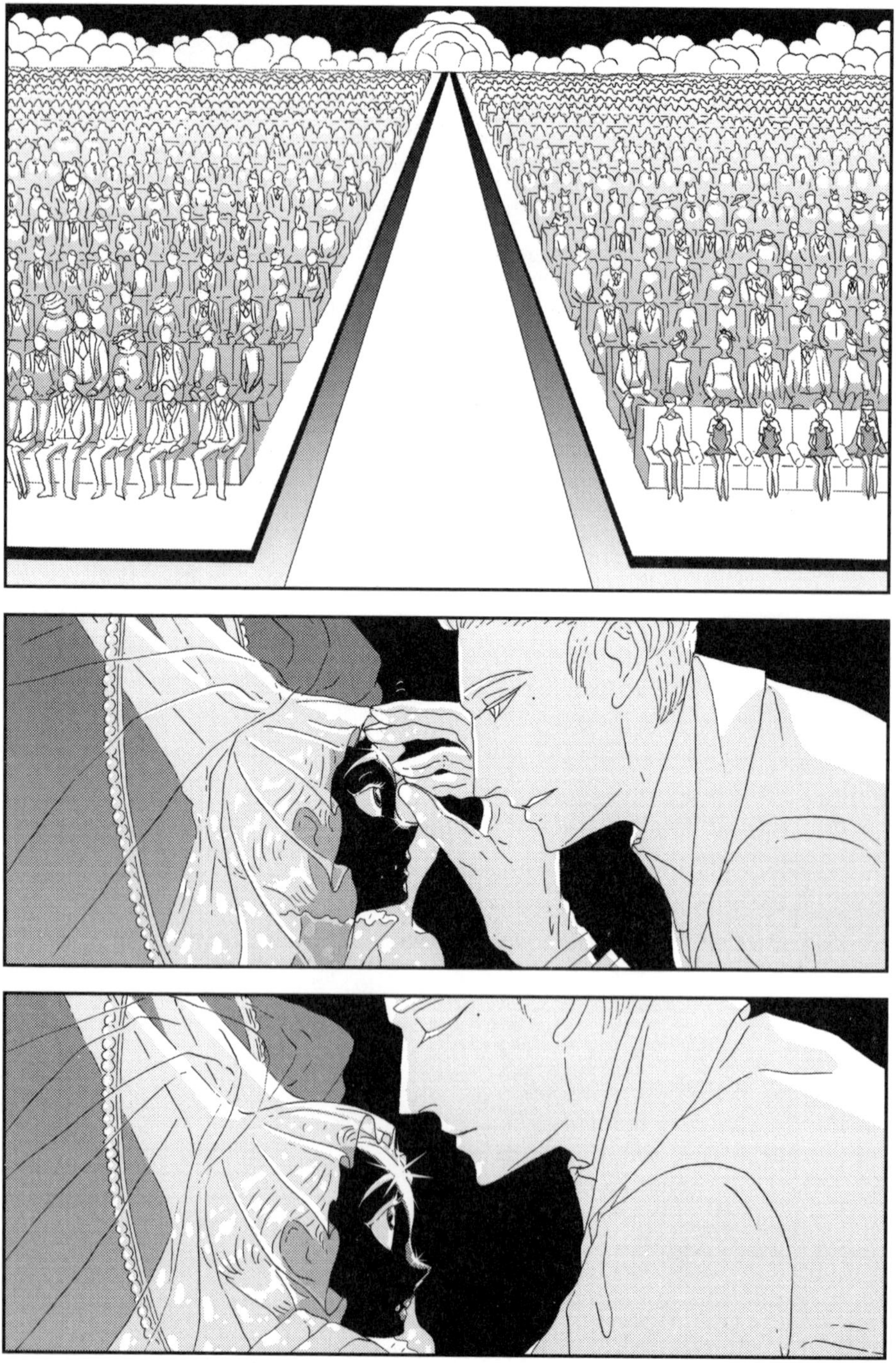

鏗
啷
啾
哇
嗚
他們的嘴碰在一起了——!!
嗚哇~
好恐怖!
為什麼!?臉會裂開吧!
前輩冷靜啊!
對方是月人!
對喲!
啊~嚇死我了~
吵屁啊!
我都要跟著裂開了。

敞
開
哇！
哇
呃。怎麼回事？
小磷大人～
諸位寶石！
恭喜你們！不跳個舞嗎？
「跳」
「跳舞」？
磷葉石大人！
要不要去吃巴爾巴塔做的料理？
「料理」？

就是這個！
這就叫「料理」？
是的！
巴爾巴塔替諸位寶石準備了你們能吃的東西唷！
為什麼是他來準備？
他呢，比起研究似乎更喜歡做菜，手藝超越職業等級呢！
丟
是喔～
發光
好像叫發光馬卡龍。
嗚哇，這光是怎麼回事？
好吃～
再給我吃一百個。
什麼什麼～
發光
發光
發光
好好吃～！
好厲害～！
慶典真好玩。
對面演唱會要開始囉！我們去看吧！

太棒了。
都是你的功勞唷，磷葉石。
還能吃到巴爾巴塔的義大利麵。
說真的，這次寶石們來到這，我本來什麼都不期待。
覺得反正跟之前一樣，什麼都不會改變吧。
但是我們的老大好像相當確信是有所進展了。
心情已經好久沒這麼舒暢快活了。
想必，

我們更接近虛無了。

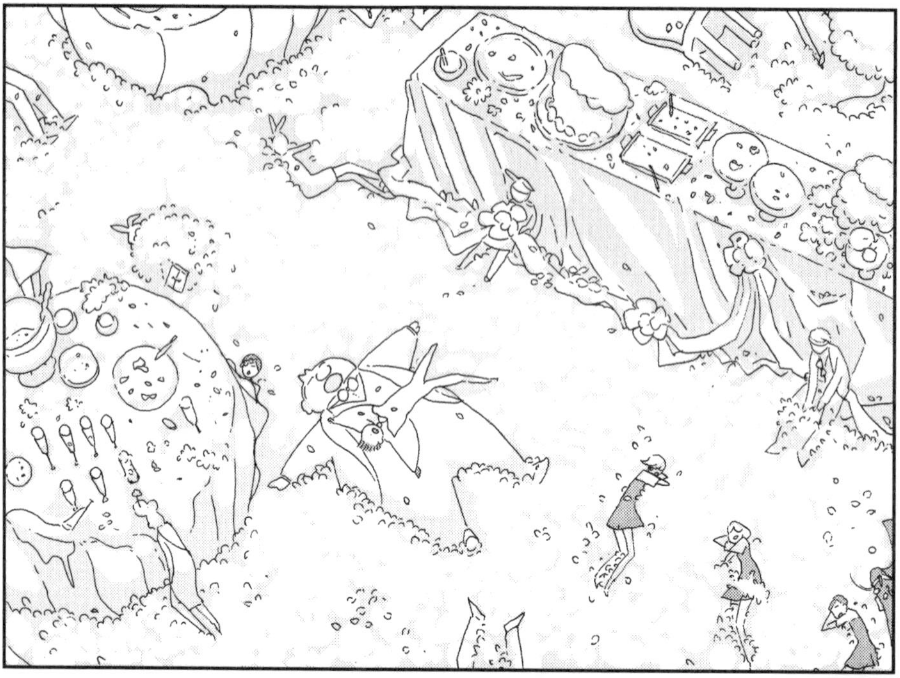

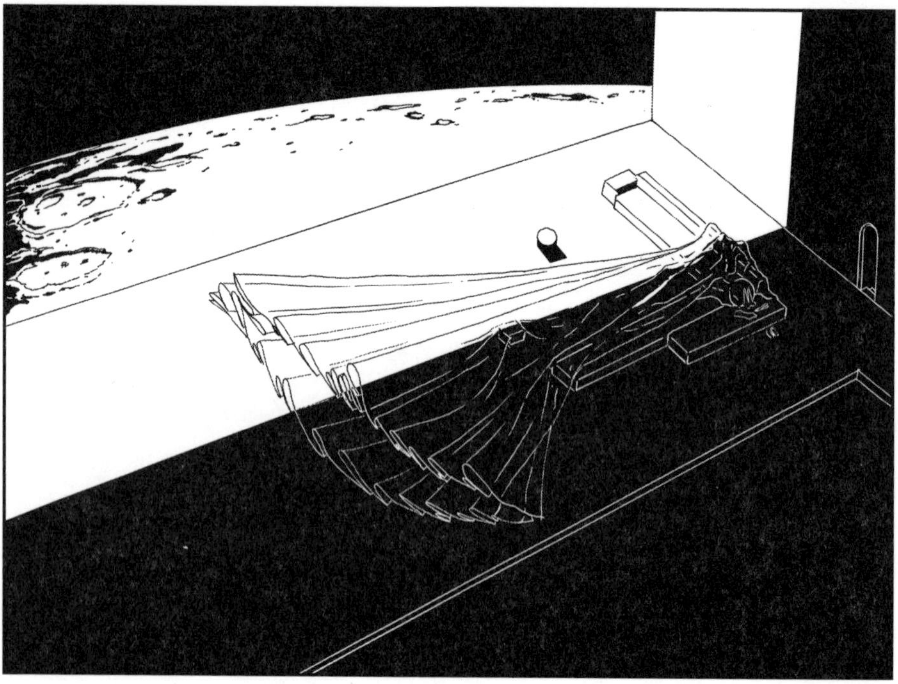

你以前的願望是「自由」吧。
嗯？

能讓你遠離這場戰爭的準備已經妥當了。
我在最遠的那顆小月亮建造了宅邸。
雖然還沒完成，但現階段應該也足以減輕所有對你的影響。
你生來就與妻子或結婚什麼的都無關，為了建立體制而讓你陪著我做這些事，真是對不起。
這個國家的每樣決策，都同時需要眾人情感上能理解的低俗理由還有新穎的消遣。
在你獲得真正自由的那天以前，這間宅邸就是你的家。
這是我所能為你準備，世界上最安全的自由了。

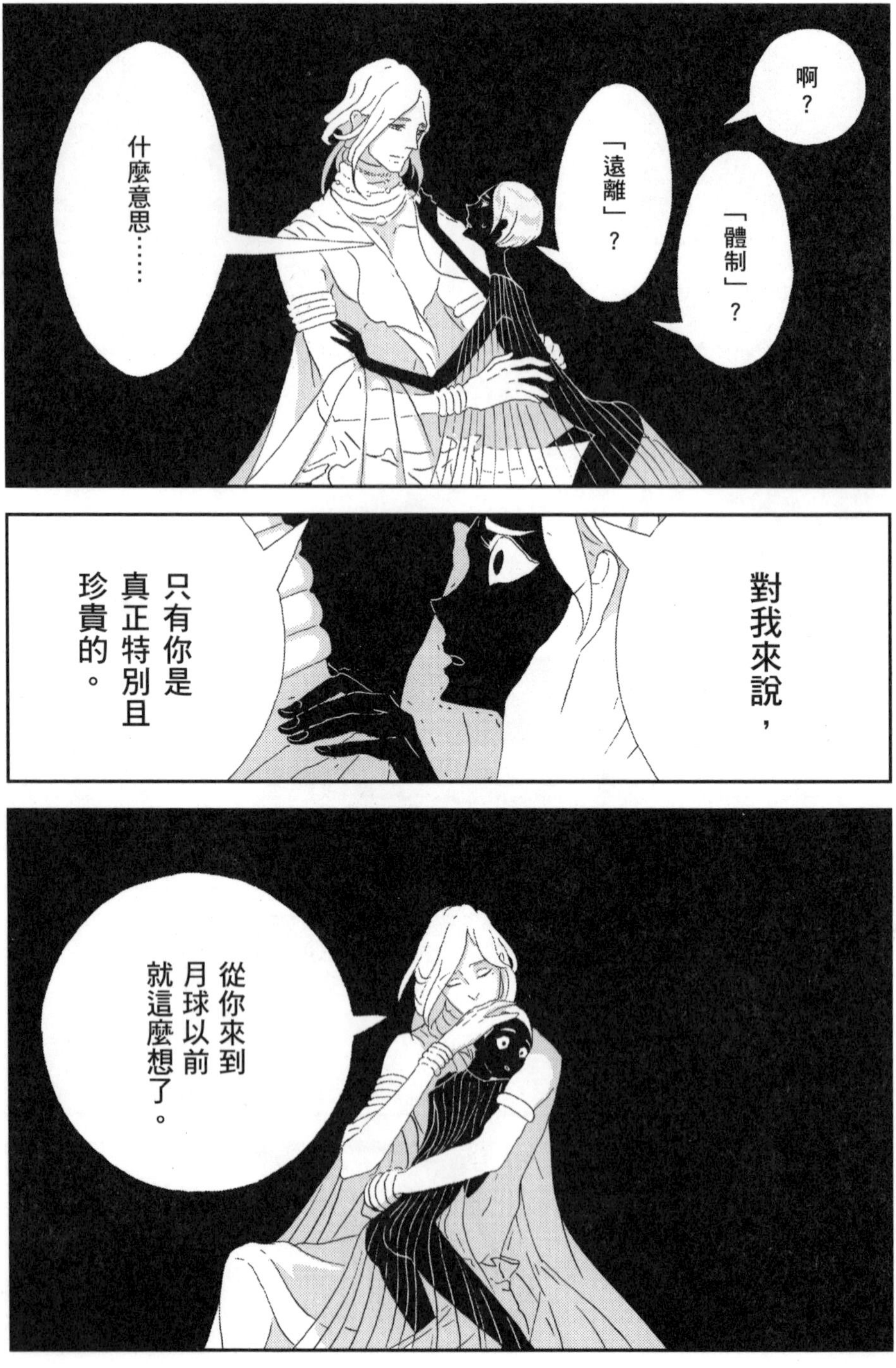
啊？
「體制」？
「遠離」？
什麼意思……
對我來說，
只有你是真正特別且珍貴的。
從你來到月球以前就這麼想了。

為什麼……？

這是你的左手。
不是複製品，而是一百零二年前奪取的真品。
外側的石英已經去除掉了，不用擔心。
裝回去吧。

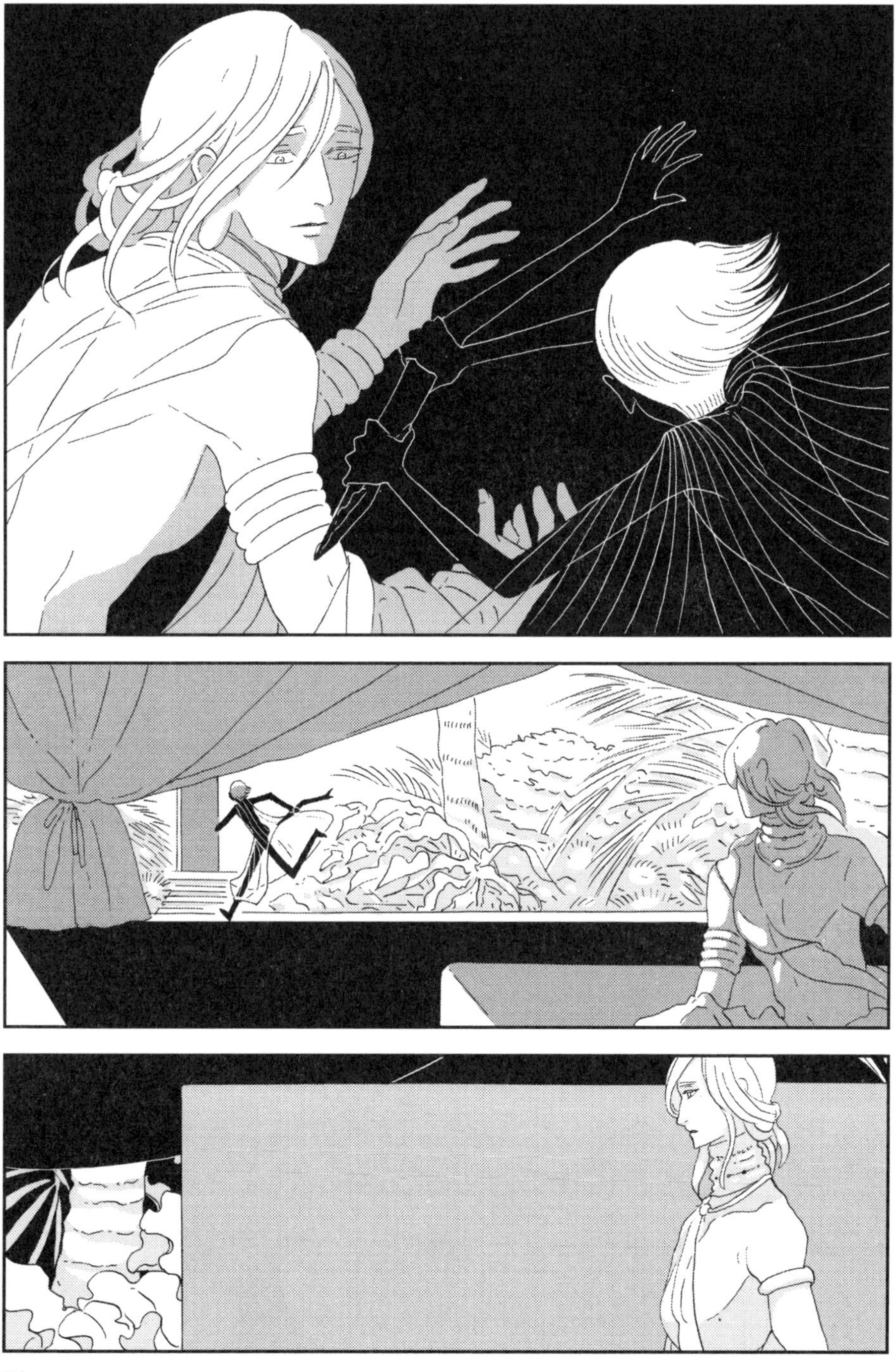

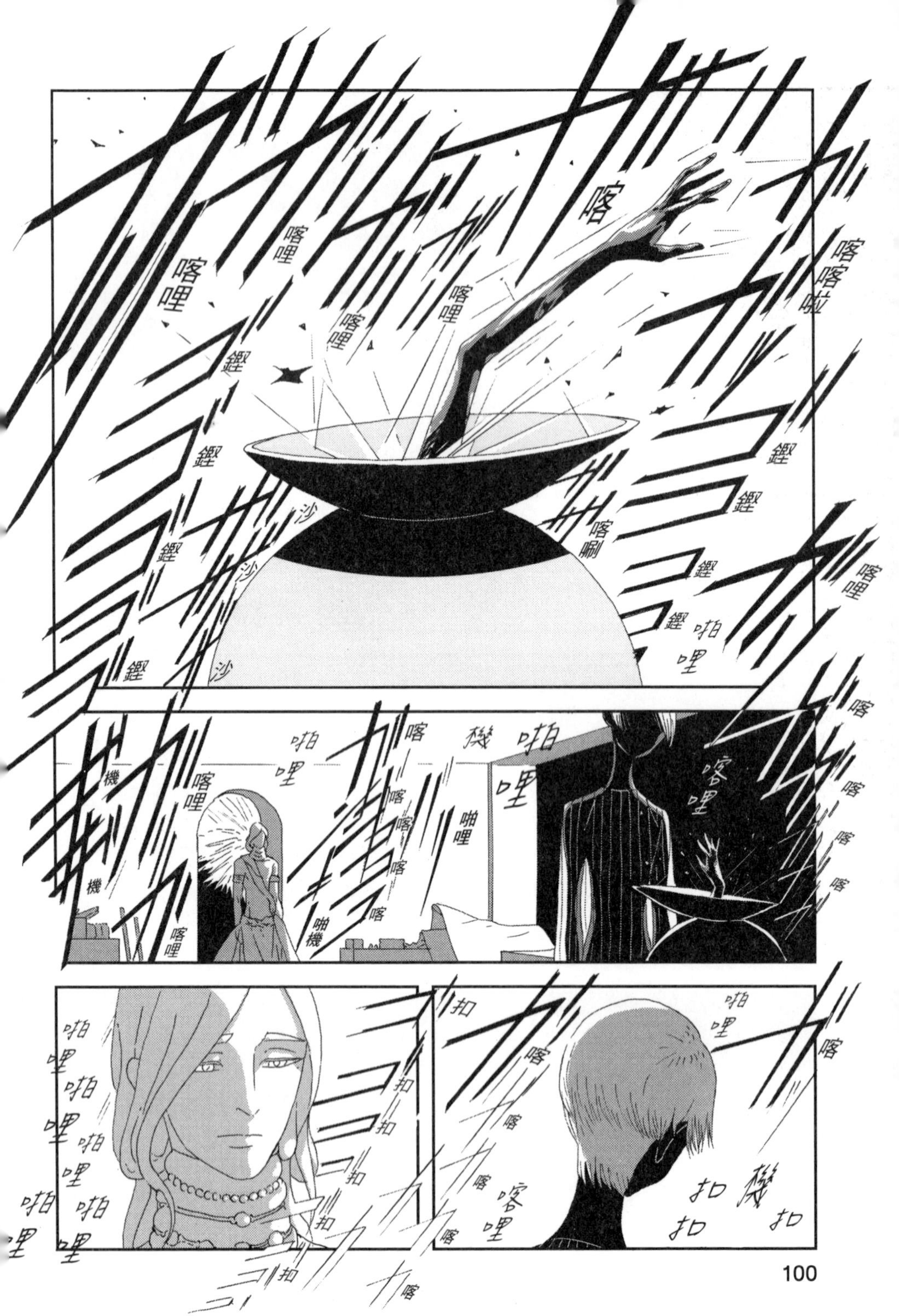

喀喀啦
喀
喀哩
喀哩
喀哩
喀哩
喀哩
鏗
鏗
鏗
鏗
鏗
鏗
鏗
鏗
沙
沙
沙
喀唰
喀哩
啪哩
喀
喀哩
喀
喀
喀
啪哩
機
喀
喀
喀
喀
啪哩
喀
啪哩
喀哩
機
機
喀哩
啪機
喀
啪哩
喀
扣
機
扣
扣
扣
喀哩
喀
喀
喀
喀
啪哩
啪哩
啪哩
啪哩
啪哩
扣
扣
扣
扣
扣
喀

喀
我的願望，
已經變了。
我也要跟你邁向虛無。

那樣子…
方法我會自己找！
等你去找的話會慢得要命！
可是…
不要吵！
咚
人家已經不會再聽你的了！
幹嘛把我的手像寶物一樣保存！
你是笨蛋吧！
什麼「從你來到月球以前就這麼想了」！
那幹嘛不再早一點就把我帶來呢！

…………
這是什麼非得在我的嘴裡才能說的祕密嗎？
我不懂。
再一次。

〔第七十五話　願望〕　終

# 第七十六話 艾德密拉畢里斯

磷葉石大人。
什麼……
艾庫美亞大人想跟您最後再確認一次行動內容。
知道了。
已經吃不下了啦～嗯嗯啊啊

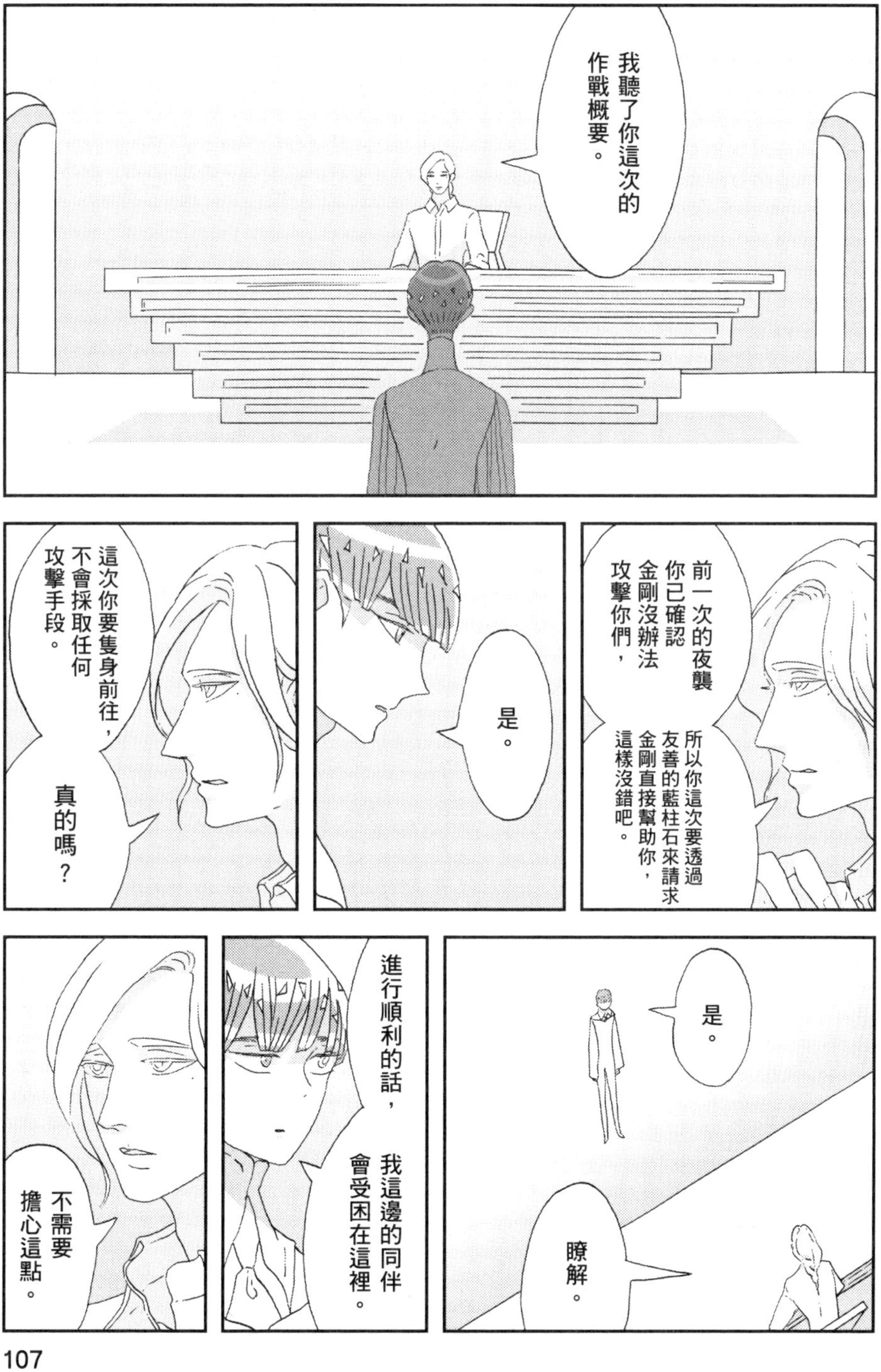

我聽了你這次的作戰概要。
前一次的夜襲你已確認金剛沒辦法攻擊你們，
所以你這次要透過友善的藍柱石來請求金剛直接幫助你，這樣沒錯吧。
是。
這次你要隻身前往，不會採取任何攻擊手段。
真的嗎？
是。
瞭解。
進行順利的話，
我這邊的同伴會受困在這裡。
不需要擔心這點。

整座都市的功能運作都已經轉移成你們也能操作的系統。
就算我們全部都消失了，你們還是可以使用這裡所有的技術。
此外也準備了以你們語法寫成的使用手冊。
尤其是交通設施，
可以跟往常一樣在月球和地球兩邊來回。
不過這操作很複雜且需要懂得升級系統，多少需要學一下。
你覺得誰適任？
紫水晶。
瞭解。
蓮花剛玉和黃鑽的治療可以繼續。
紫翠玉倒是不需要動手術了。
鑽石和藍錐礦或許會留在月亮。
透綠柱就完全不知道了。
他人在哪裡在幹嘛我都不知道
原來如此。

現在的生活模式有可能會恆久維持不變。
你就依現狀摸索看看怎麼生活最合適吧。
那個醜……
黑水晶呢？
他希望如何我已經問過了，不用擔心。
轟隆
喀搭喀搭喀搭
喀啦喀啦
哇！
怎
怎麼了!?
喀啦喀啦喀啦
搭搭搭搭搭搭搭搭
王子！
公主把第一研究所搞得一團糟！
等我一下。

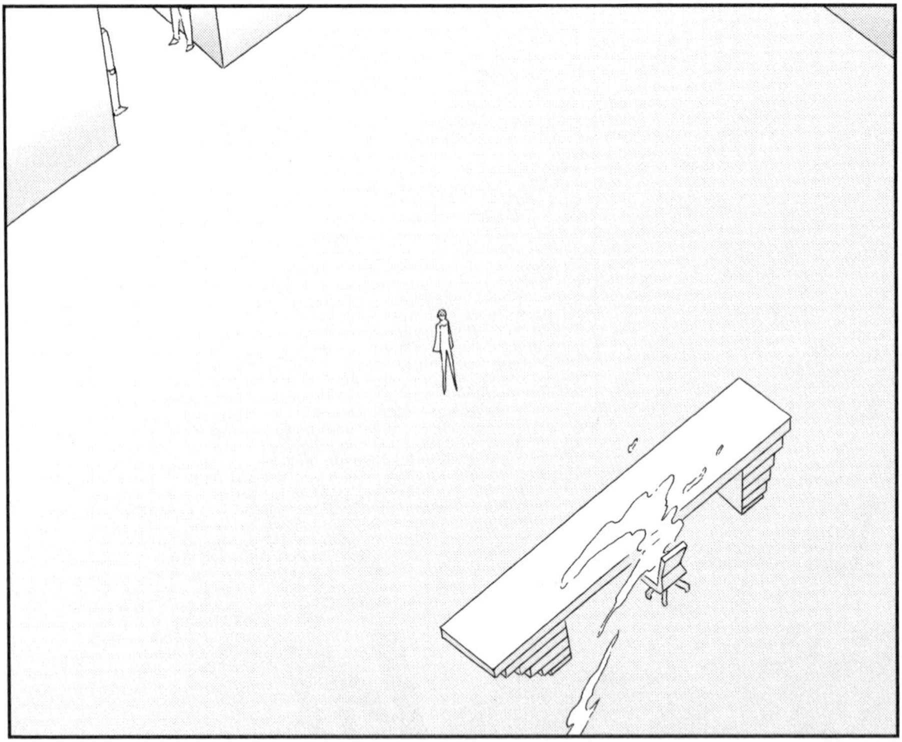

接下來…

慘了……
啊。
沒有受傷缺損吧？
嗯。
把你的研究所弄得亂七八糟，對不起。
沒關係。
大家，對不起啊。
沒事沒事

幸好我有給你上了萬能耐性保護膜。
我以為，
一切都進行得很順利……
教你一些化學的知識吧。
你很忙吧？
我有個朋友很閒。

由他來教你。
我明明在忙……
你是瞎了喔
這是你要我做的耶
我核准你申請中的新型小麥製造以及義大利麵等加工品的特別實驗。
我是巴爾巴塔，多多指教。
喀啦
喀啦
喀啦
多多指教囉！
拉
住手。
你的下巴上有髒髒的東西。
我會派人監視。
派什麼監視啊！
拉
拉
拿不下來耶
我跟你喜歡的類型不同啦！

所以？
小公主想要學什麼？
成為虛無的方法！
什麼？
因為這傢伙很怕寂寞啊！
沒辦法，所以我也要跟他去！
好可愛～
哎呀
對吧。

那傢伙幹嘛衣服
一件一件換？
有意義嗎？
失禮了。
同伴再生計畫才進行到一半而已。
我轉移給你時會讓這部分能繼續做下去。
我們會等艾德密拉畢里斯攝取砂子的世代自然死去再行回收。
然後將新的世代培養得小型一點，讓他們不需要生成貝殼並且住在城市的海裡。
等你們寶石都再生，再給你決定要怎處理他們。
艾德密拉畢里斯他們都同意嗎？

現在的他們不太能理解情況，也沒辦法有什麼明確的表示。
我們沒有告訴他們這計畫是你要求的。
為什麼要抓艾德密拉畢里斯？
為了要創造能驅動金剛的人類。

很久很久以前，
我們去懇求「肉」的後裔幫助我們。
他們給了我們他們的罪犯。

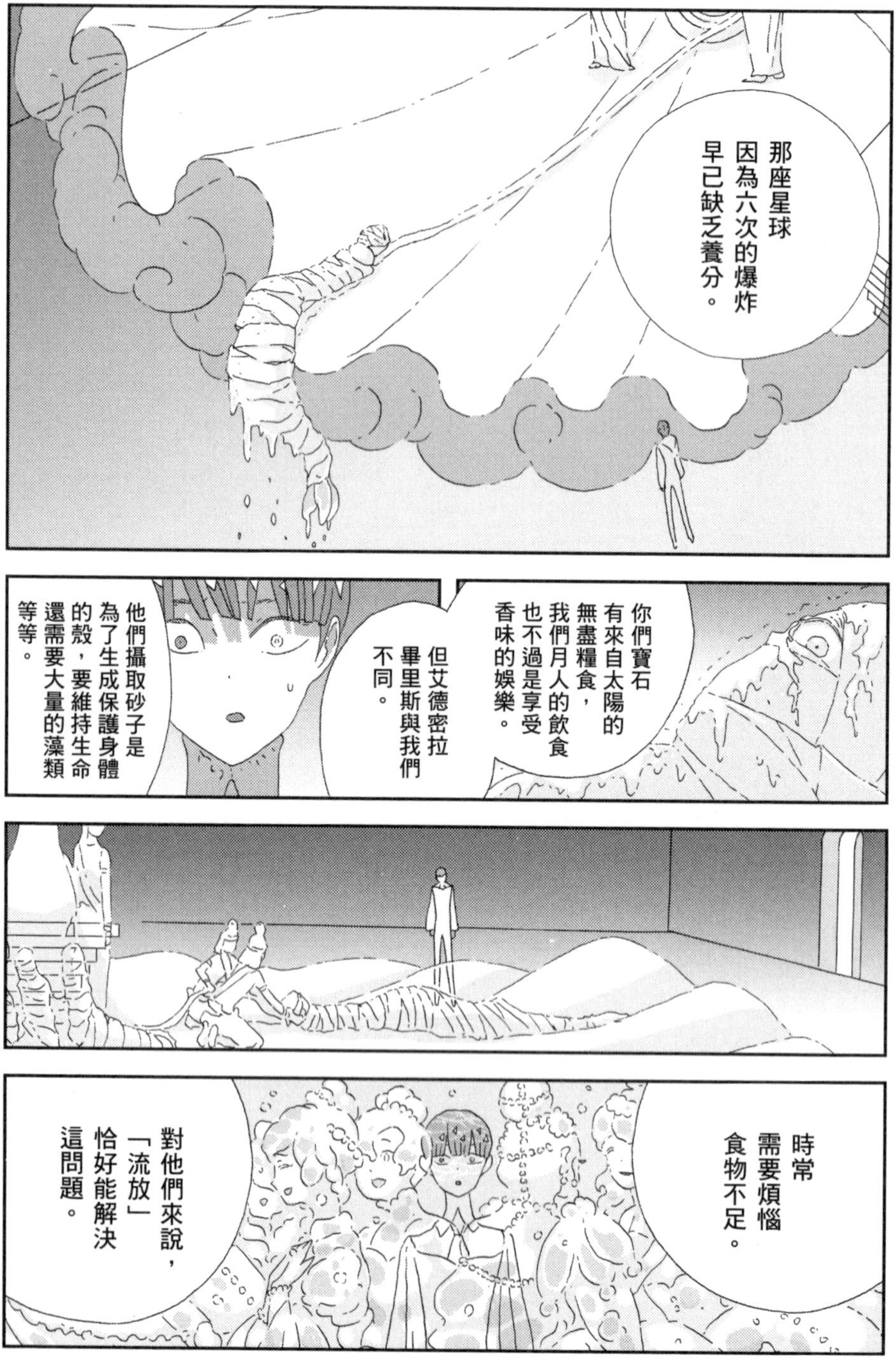

那座星球
因為六次的爆炸
早已缺乏養分。
你們寶石
有來自太陽的
無盡糧食，
我們月人的飲食
也不過是享受
香味的娛樂。
但艾德密拉
畢里斯與我們
不同。
他們攝取砂子是
為了生成保護身體
的殼，要維持生命
還需要大量的藻類
等等。
時常
需要煩惱
食物不足。
對他們來說，
「流放」
恰好能解決
這問題。

但是艾德密拉畢里斯終究還是陷入前所未有又漫長的飢荒。
營養不足導致他們的智力衰退，同類相食的情況日益嚴重，
連自己的卵都吃，
新的世代也來不及適應新的環境。
當一切資源枯竭之時，

他們拜託我們能給他們月亮的合成食物，並且希望讓全國國民移民至此。
我們接受了他們的要求。
這是溫特利可絲絲前兩代的國王的決定。

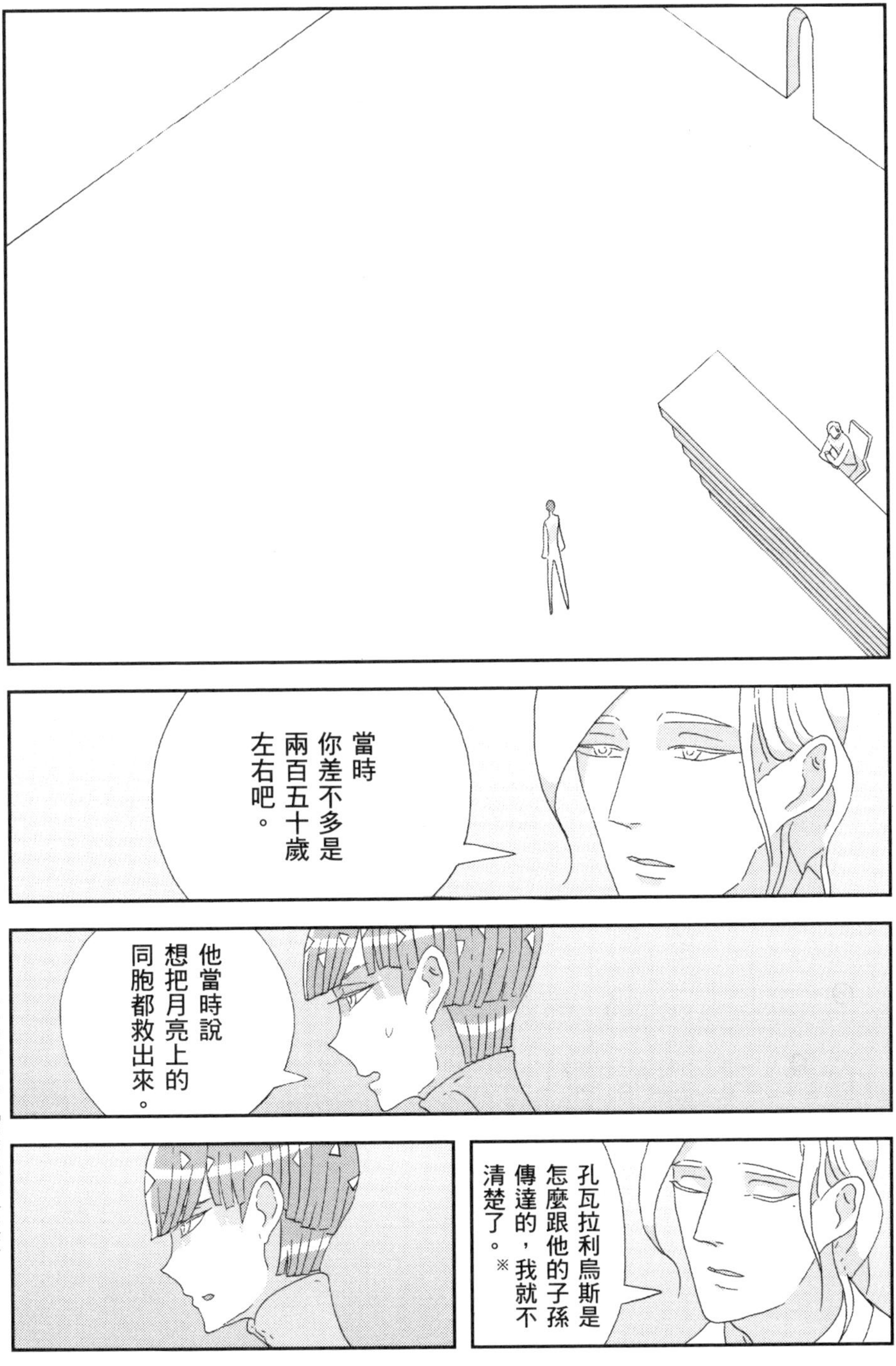


※譯註：孔瓦拉利烏斯（Convallarius）在拉丁文有「在山谷中」之意。

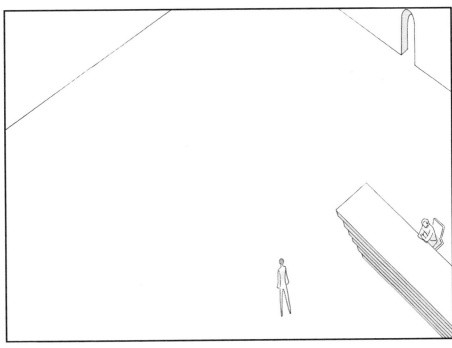

你的飛行船準備得差不多了。
要是我覺得沒有什麼進展，我會派人去接你。
把我回收後，
喔。
就把我丟了吧。

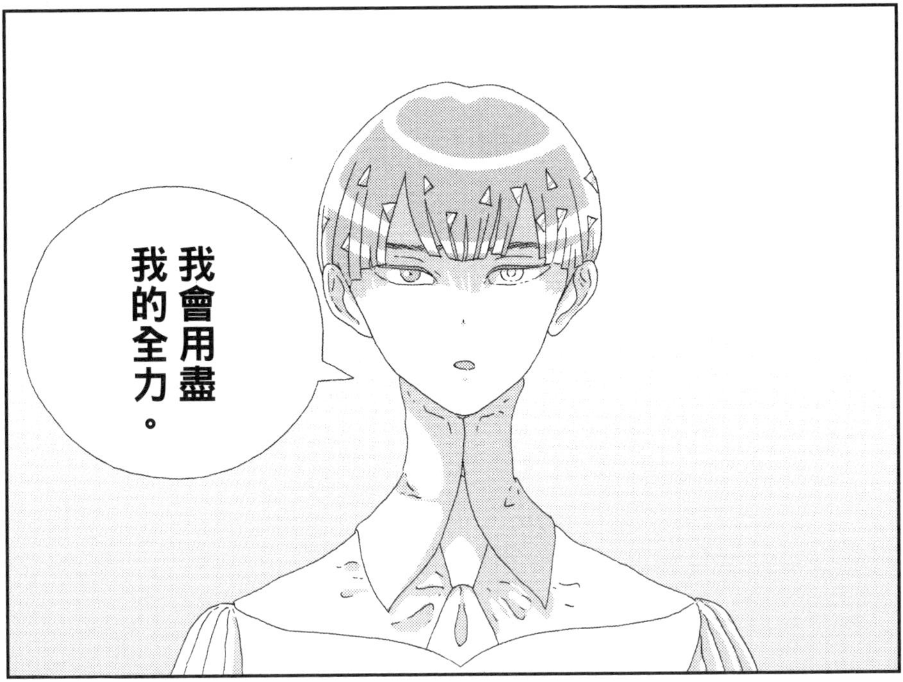
我會用盡我的全力。

我會祈禱你能成功。

移交吧。

嘶——澎。
打開。
ぶわっ
張開
喔·喔·
成功了！
有關進階操作以及內部構造的部分之後會再進一步說明。
請您帶在身上。
看
看得懂耶～！
好懂到連笨蛋都會操作！
我們盡力了。
這次飛行船的動力只夠飛單程。
一抵達地球，船和這本說明都會霧化，請您注意。
太厲害了～
知道了。
這是什麼？
打發時間用的遊戲「蒐集小狗」。

那我走了。
兩手空空去真的沒問題嗎？
記得要「保持冷靜，慎重行事」喔。
別做得太過火喔。
嗯。
要是情況太危險就立刻回來唷。
那小藍你來接我吧。
什麼?!
賽米、姆梅、米歐嘉。※
他們就拜託你們照顧囉。
磷葉石大人～
好的。
請您注意自身安全。
無法。
我想也是啦。

※ 譯註：姆梅（Mume）推測為「青梅」；米歐嘉（Mioga）推測為「蘘荷」，又名日本薑。

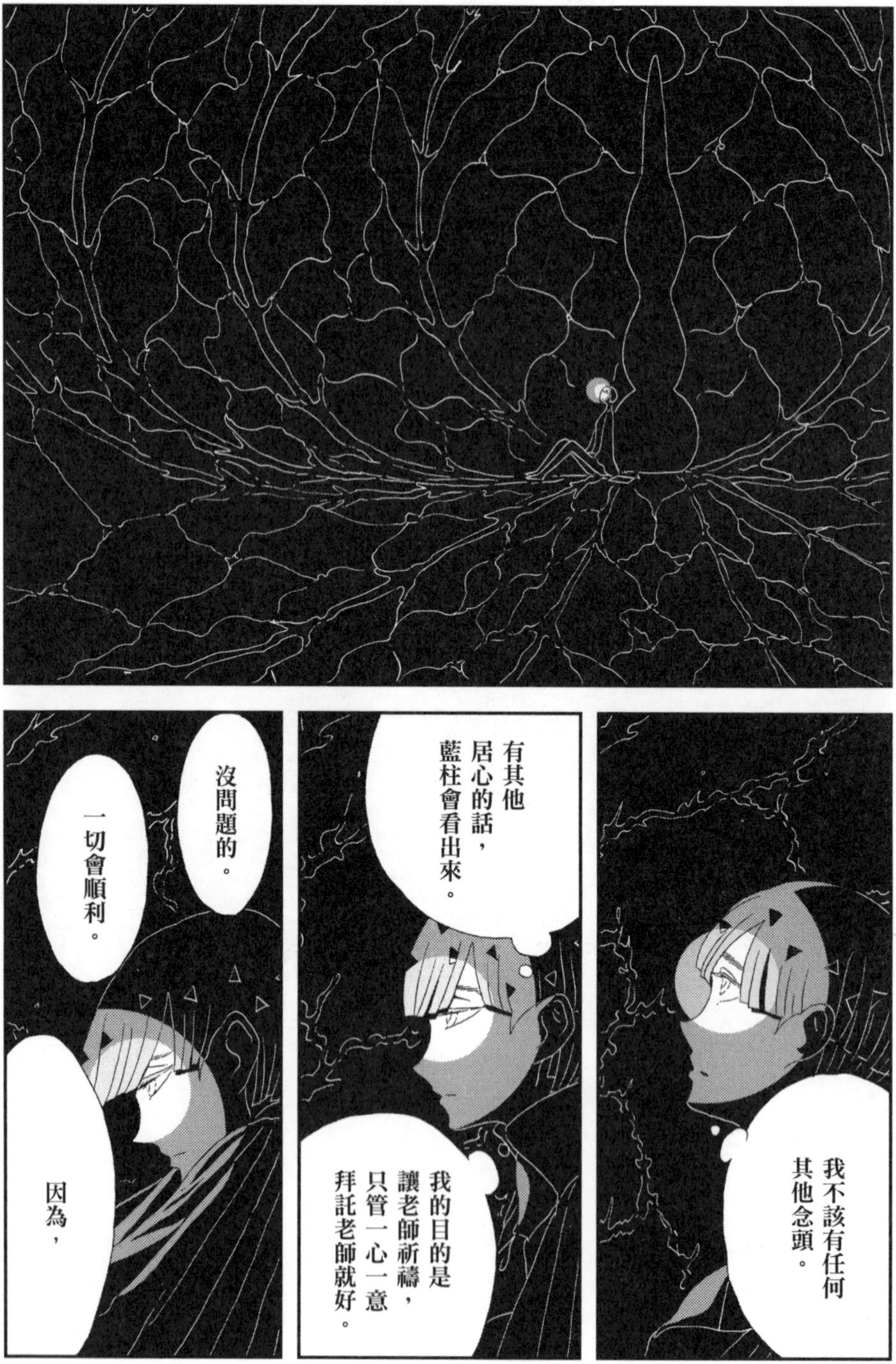
我不該有任何其他念頭。
有其他居心的話，藍柱會看出來。
我的目的是讓老師祈禱，只管一心一意拜託老師就好。
沒問題的。
一切會順利。
因為，

老師總是對我很溫柔。
怎麼會……
都已經變這樣了，
我還想起這件事……！

〔第七十六話　艾德密拉畢里斯〕　終

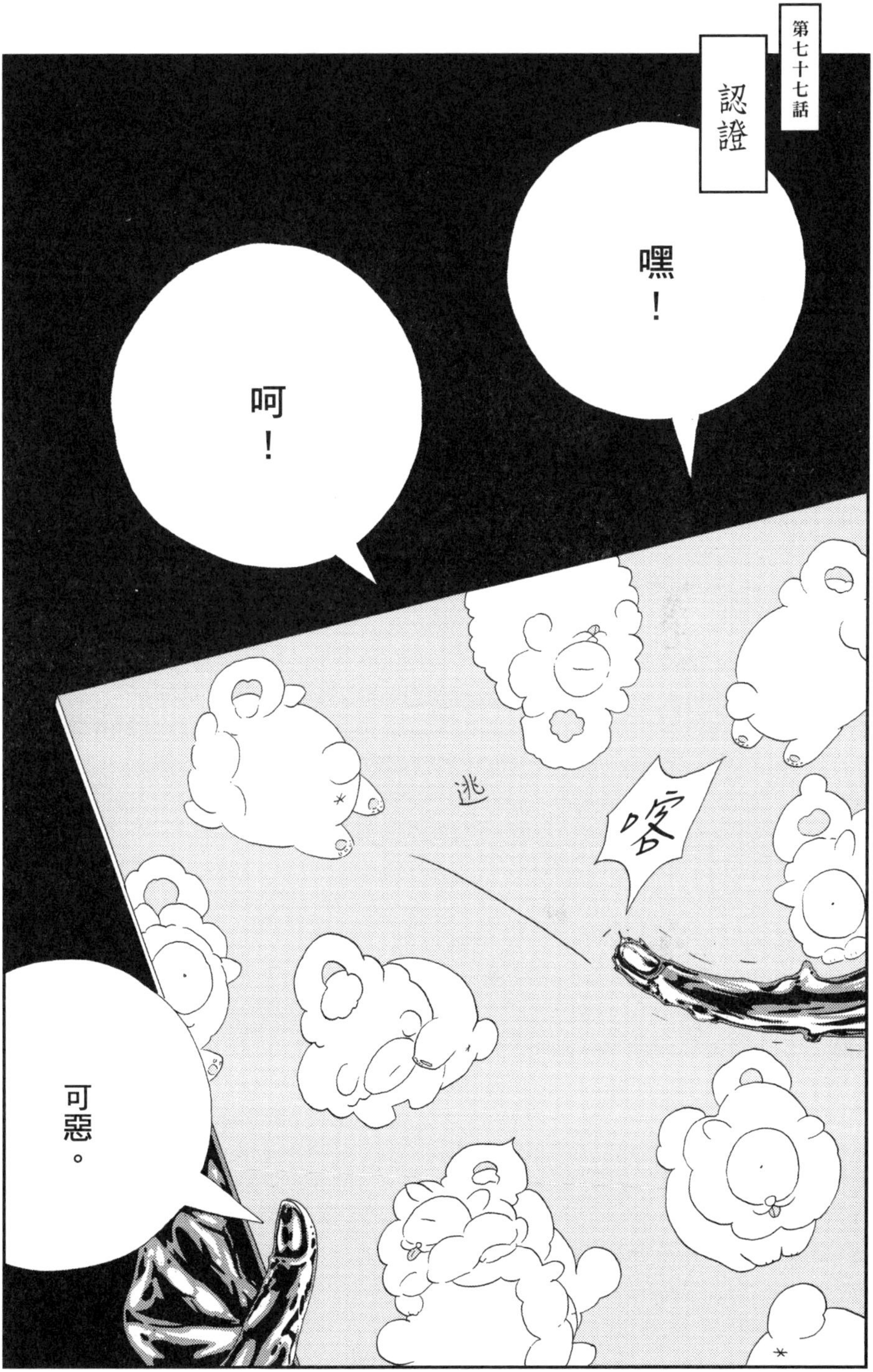
第七十七話
認證
嘿！
呵！
喀
逃
可惡。

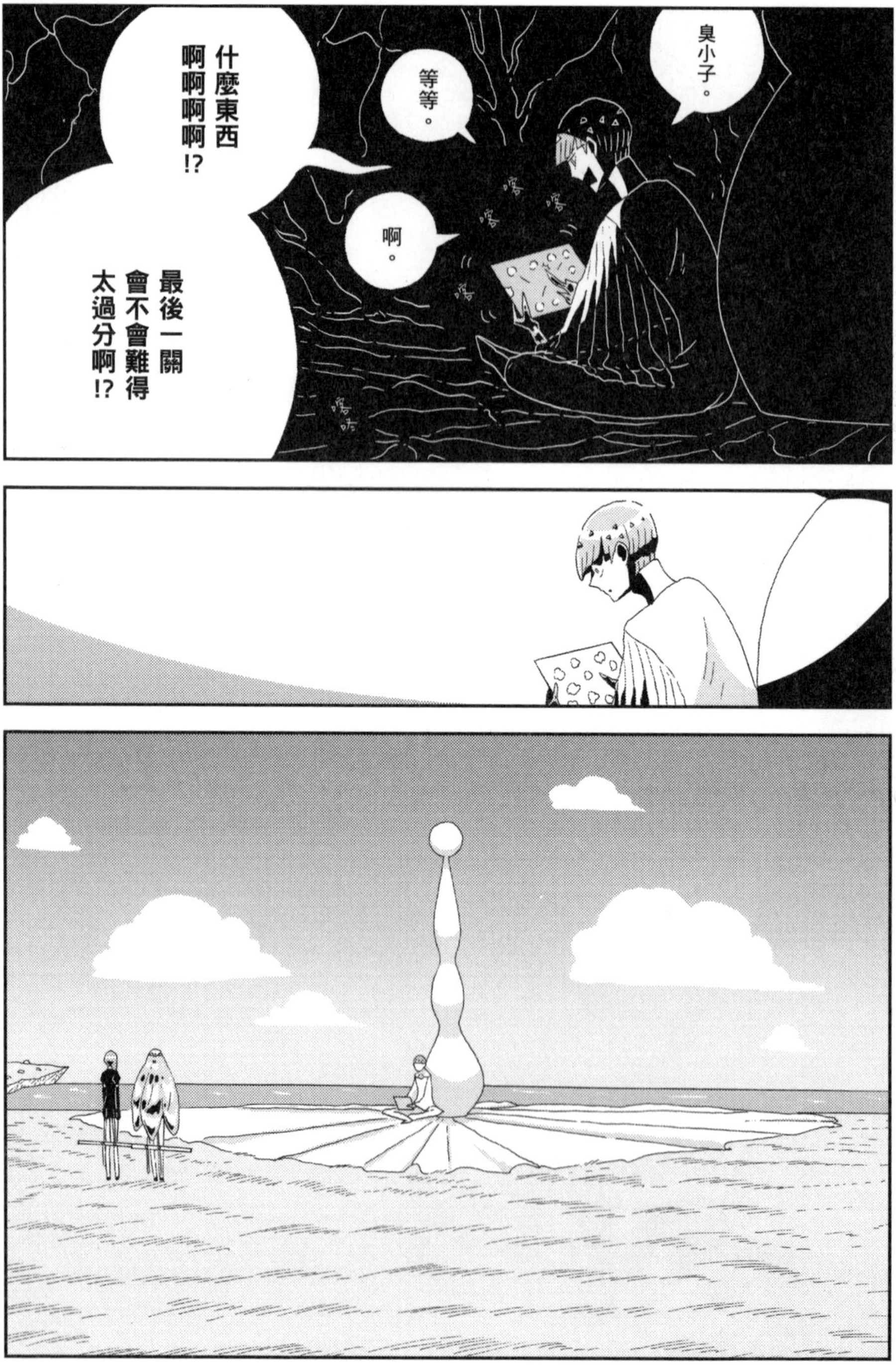
臭小子。
等等。
啊。
什麼東西啊啊啊啊!?
最後一關會不會難得太過分啊!?

你們看！
我的兩手空空喔。
啊，這個板子不是武器。
它很～快～就會不見了。
……所以讓我破關好嗎？

啪
磅
磅
啪
去跟藍柱報告。
嗯。

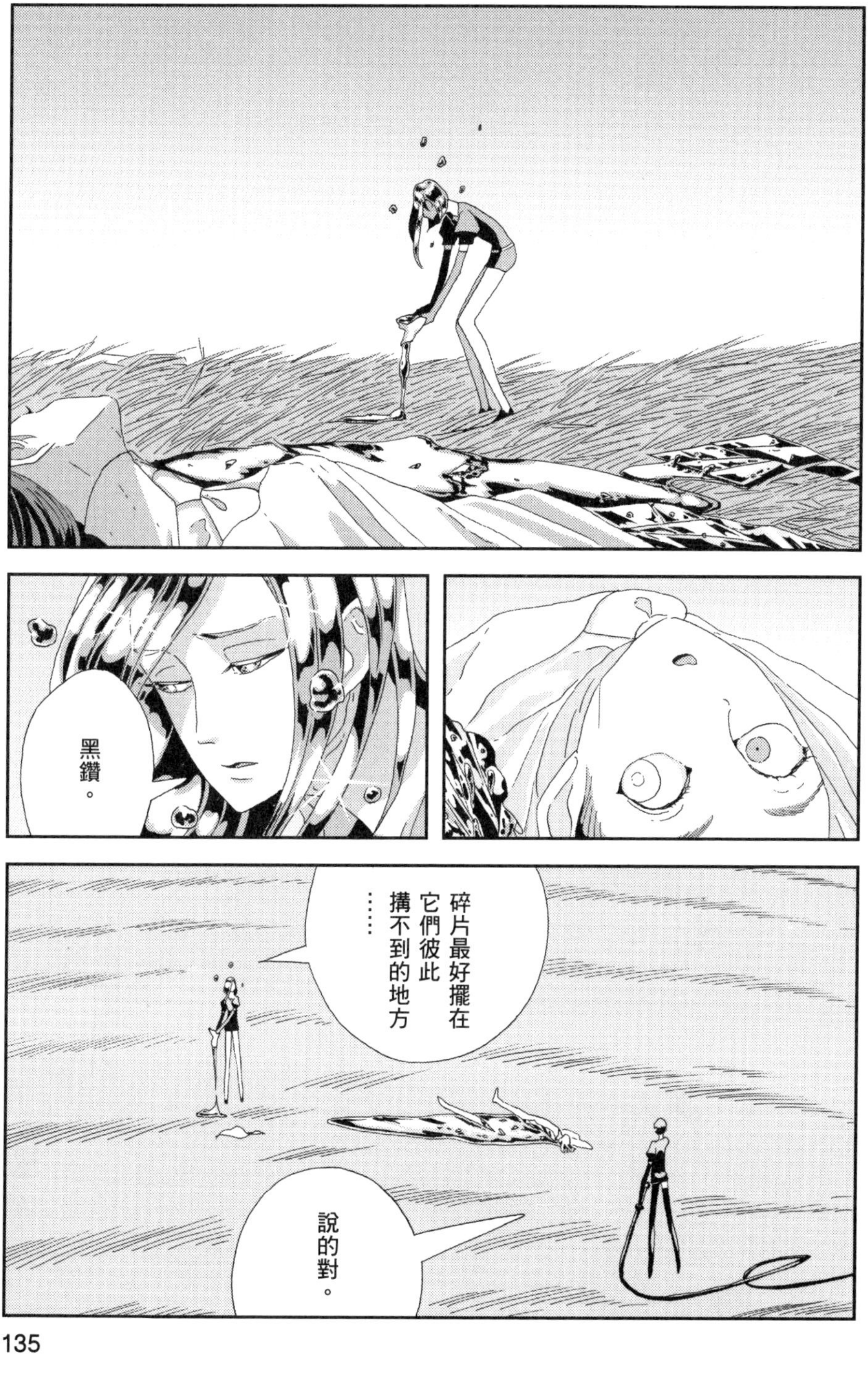
黑鑽。
碎片最好擺在它們彼此搆不到的地方……
說的對。

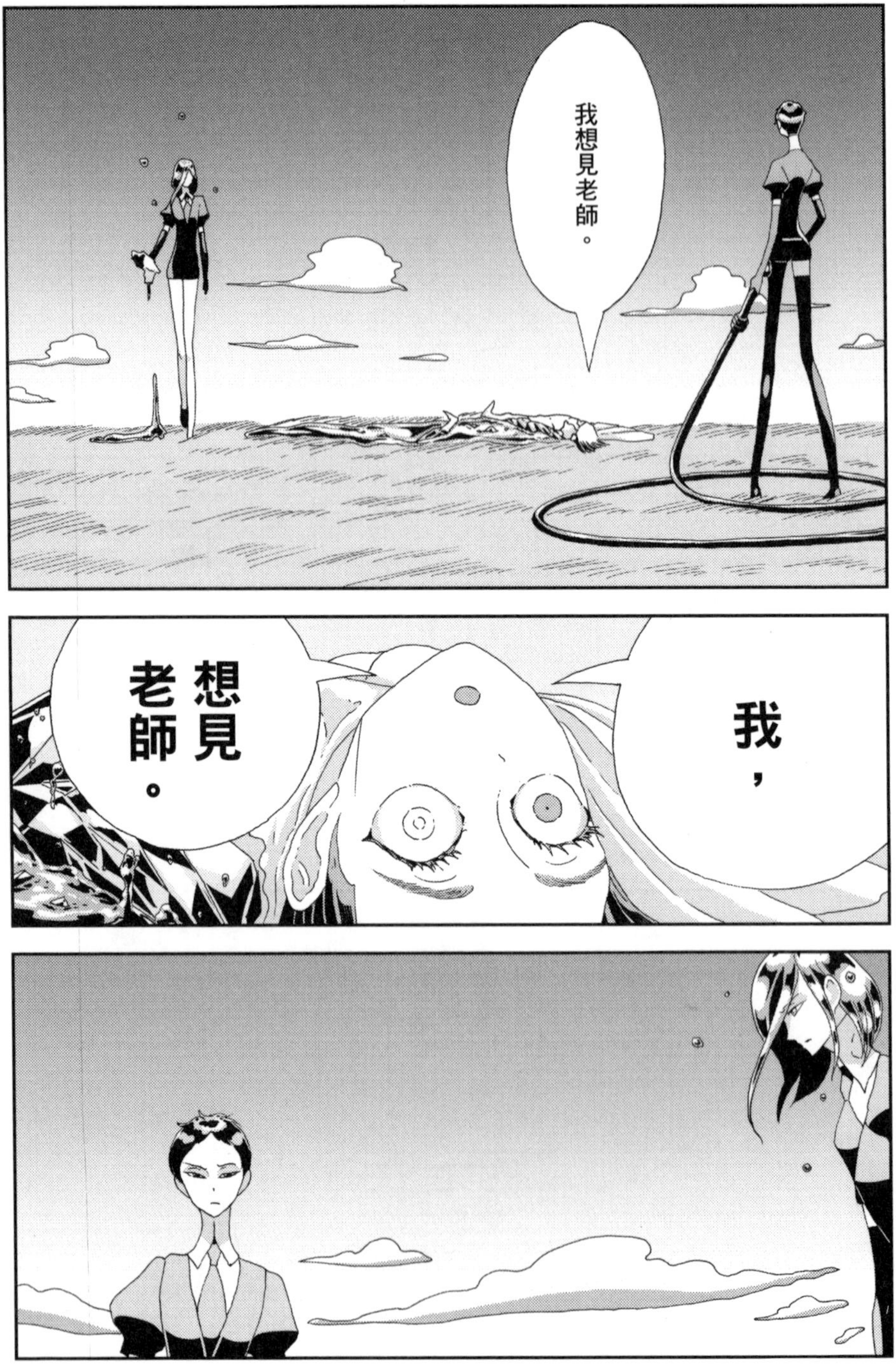
我想見老師。
我，
想見老師。

哼嗯～這樣堅固嗎？
小磷你試試看逃不逃得了。
無法無法。
喀掐
小磷。

金剛他也想見你。
老師。

您是否能夠為月人祈禱呢？
我知道您故障了。

但是除了您沒人可以拯救他們。
不只是為了月人，
也是為了寶石和艾德密拉畢里斯。
您所愛的人類分成的三種後裔。
為了所有種族的幸福，
是否可以…

金剛啟動了。
很合理的進程。
啊。
這是！

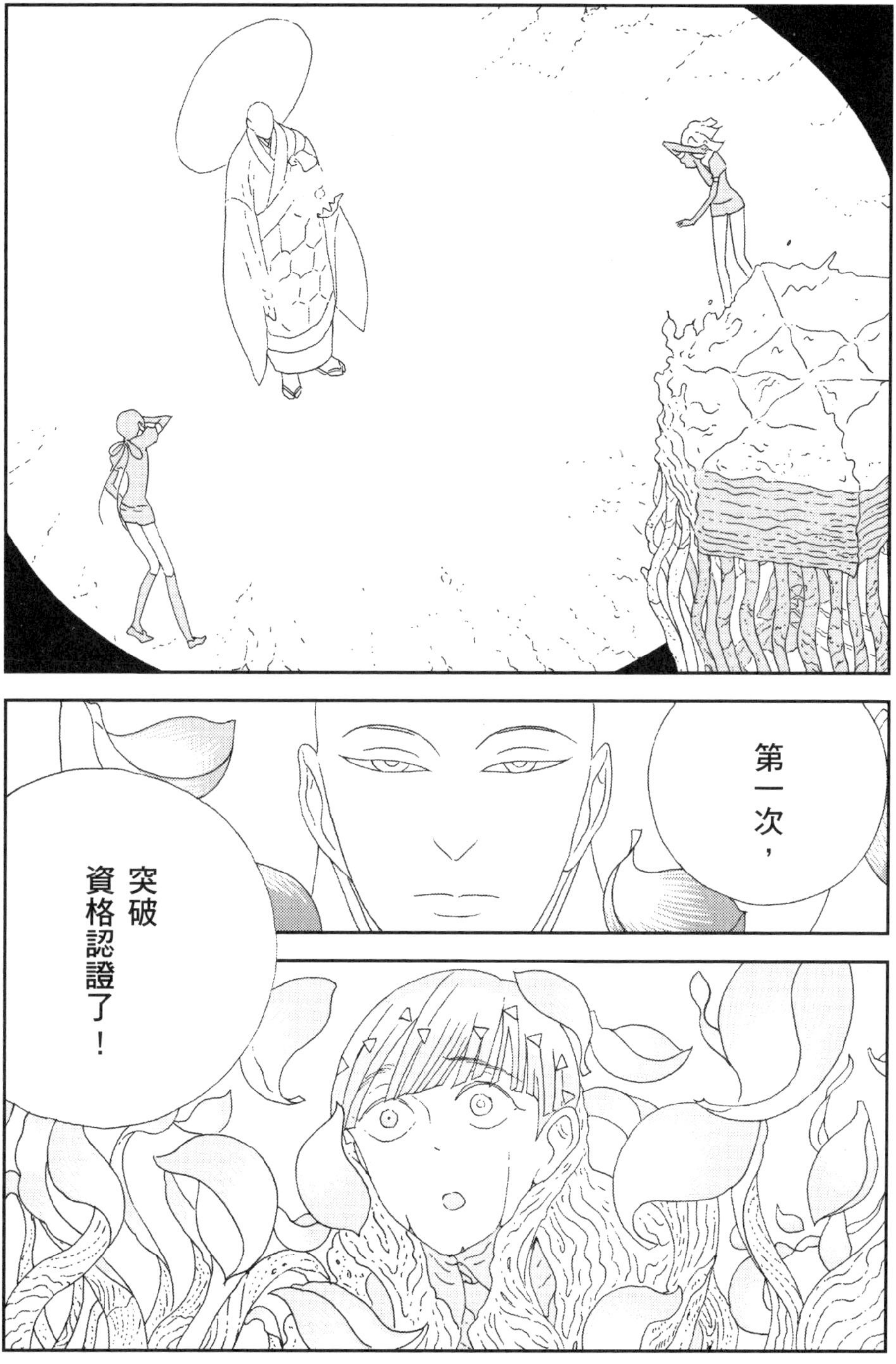
第一次，
突破
資格認證了！

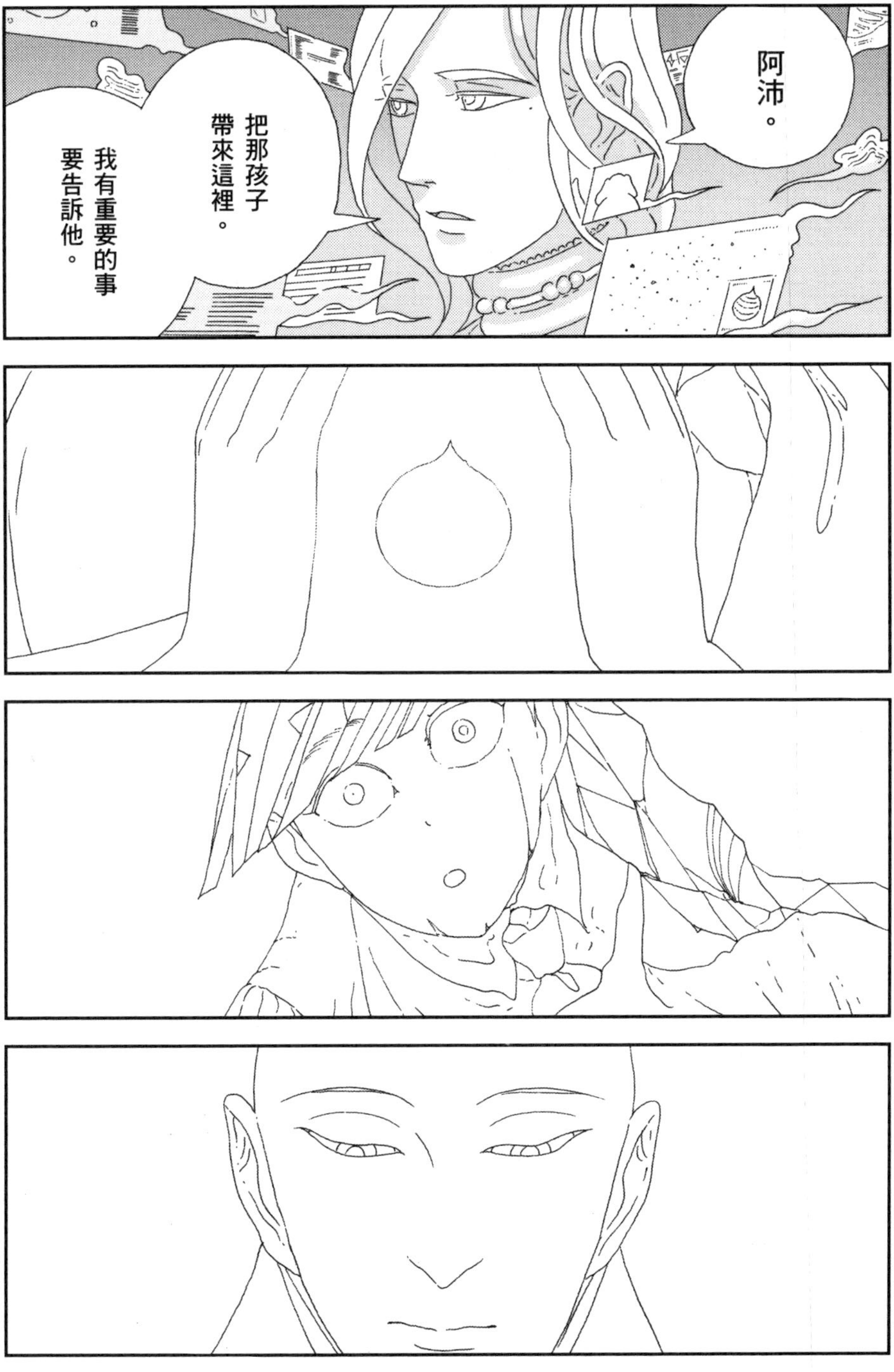
阿沛。
把那孩子帶來這裡。
我有重要的事要告訴他。

你拜託的事我辦不到。

為什麼？
有某種東西卡住了。
你是對的。
我有致命性的故障問題。

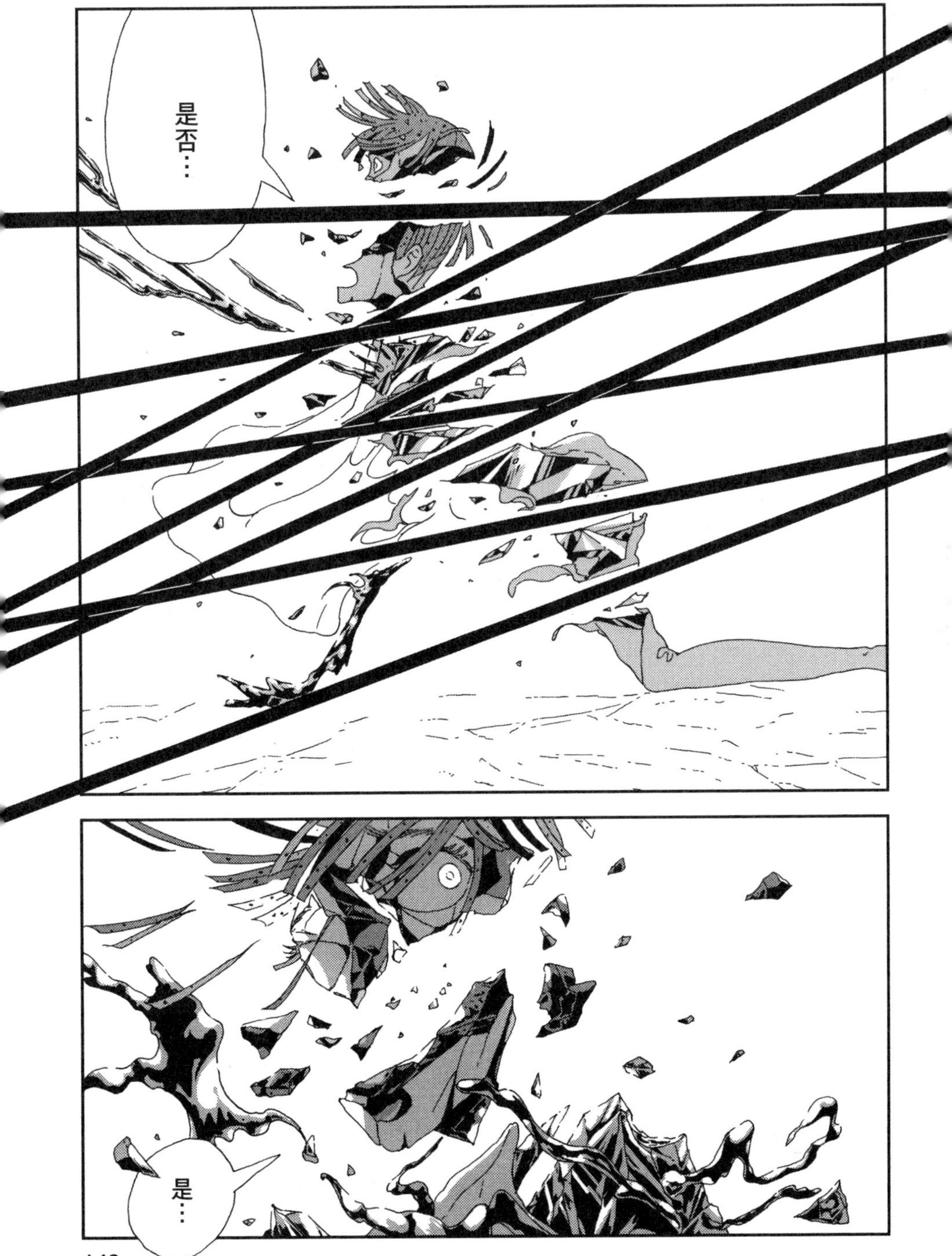
是否…
是…

〔第七十七話　認證〕　終

# 第七十八話 過程

很好，
把他丟入
海裡吧。
等等！
鏗
我想要跟他交涉看看。
可以只把頭拼起來嗎？
他光用說的就能
唆使其他人了。
只會產生
更多被害者。

我們必須把每個碎片都分開藏起來才行。
讓月人不好找。
萬一他們真的來了，全部找到之前也可以為我們爭取點時間。
我們全部的人都同意的時候再蒐集拼湊起來就好。
原來如此。
果然聰明。
……我只是這樣想，不照做也沒關係……
要是有更好的提議也不要緊……
這樣確實是比較安全。
大家覺得呢？
嗯。
這樣好。
這樣做不錯。
金剛覺得呢？
你想再見到小磷吧？

以你們的決定為優先。
他抵達時的另一半身體呢？
藏在長期休養所。
我去拿。
小磷……
唉

金剛中斷了。
唉……
嗚喔!? 這是什麼地方!?
哇！好多人！
謝謝你們照顧我的丈夫。
鞠躬
你說！有什麼重要的事情啦！
我正在學元素週期表的口訣耶！
是小公主本人耶
好可愛—

今天晚飯
我來煮……
真的!?
吃什麼?
咖哩。

歡迎回家～
我們來打擾了～
黑水晶～
王子回來囉～
你太晚來了！
晚飯做好很久了！
回來啦～
我問巴爾巴塔什麼是咖哩，立刻就來實做了。
那邊的那群人則是有事想問你。
這是我做的光咖哩。
哇－

開動吧。
這味道既順口又涼爽，就像仲夏午後雷陣雨後，看到一道細光穿過一朵藍色的花。
這就是咖哩啊……
你搞不好適合當廚師呢。
這樣嗎？
月人會讓這種稀稀爛爛的東西通過身體再出來吧？好不可思議……
好好吃
你大概不適合呢。

聽說小磷失敗了，真的嗎？
真的。
所以老師沒有實現小磷的願望。
他不斷請願的舉動被當成攻擊，
似乎被其他寶石打碎了。
天啊……
也難怪……
畢竟目前為止他做了那麼多事……
絕對是金紅石幹的……

似乎是所有人一起攻擊他的。
是喔……
真遺憾。
啊，黑水晶笑了！你很開心吧～
小磷失敗的話你就能跟王子在一起了。
啊？
誰做了什麼事跟我都無關。
我只是做我能做的事而已。
這傢伙想化為虛無，我也沒辦法啊。

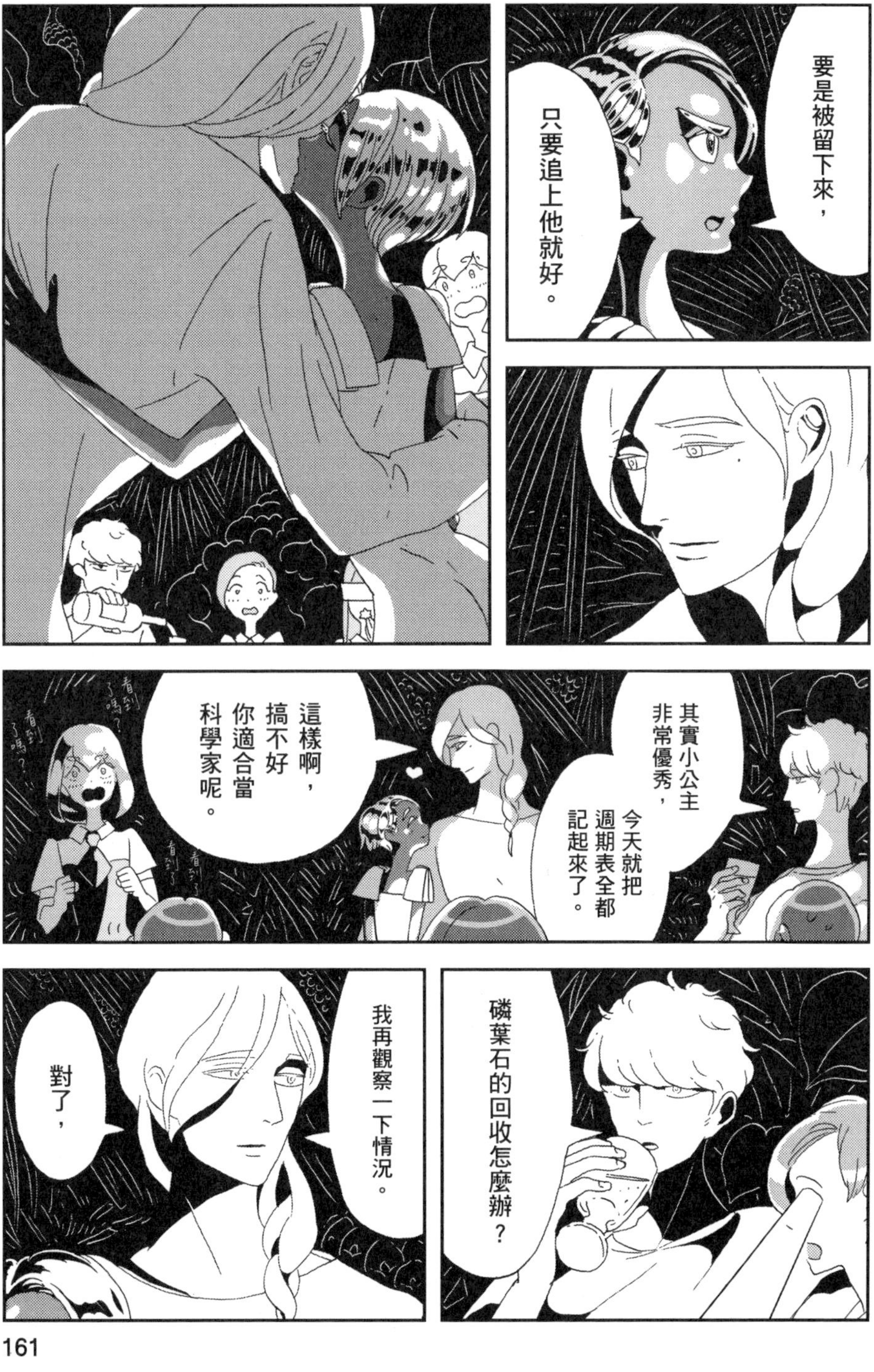
要是被留下來，
只要追上他就好。
其實小公主非常優秀，
今天就把週期表全都記起來了。
這樣啊，搞不好你適合當科學家呢。
看到了嗎？
看到了嗎？
看到了
看到了
磷葉石的回收怎麼辦？
我再觀察一下情況。
對了，

你們要不要也去跟巴爾巴塔學點東西？
啥!?
我要～！
新的老師耶。
多多指教～
好，都吃飽了吧。
滾。
我們調情的時間會變少。
我想看你們調情～
你這混蛋。

你說的
重要的事。
我以為你會
告訴我，
就是我來月亮前
你所想的事。
對不起。
我知道了！
如果我可以
跟你黏在一起，
我們就能一起
變成虛無了吧!?
所以你才
叫我來的吧。
絕對是這樣！
因為
你總是希望
黏在一起嘛～

抱緊我。
再緊一點。
就算我碎了
也沒關係。

你啊！
小壞蛋！
反省！
你乖乖的話，偶爾我會讓你曬曬太陽吸收養分。
也許啦～
好！
OK～？
萬無一失！

你藏在哪？
祕密~
你藏在哪？
祕密~
摩根呢？
你藏在哪？
什麼？
我很害怕所以藏在最遠的緒之濱的懸崖下面……
不可以說出來。
重新藏一次~！

金剛如果能祈禱，實現月人的願望，一切就迎刃而解了。
我也只能這樣推測。
去問金剛也就那樣。
小金上次真是閃閃發亮—
我無法回答
對不起
再發出那顆光球嘛
人類、艾德密拉畢里斯、一分為三的後裔……
盡是陌生的內容。
裡頭或許還包括小磷的謊話。
也只能思考得慎重一點了。
小磷提到的「幸福」到底是什麼呢？
要問問看嗎？
不要！

我們走吧。

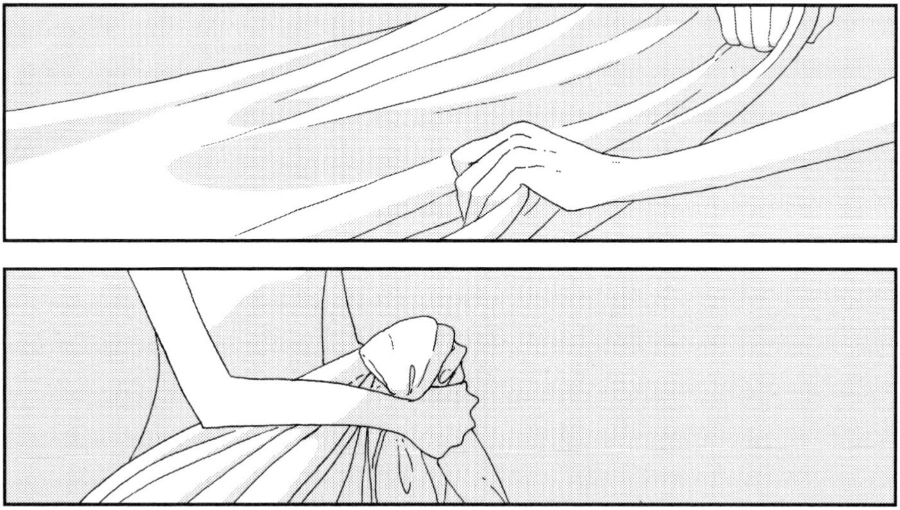

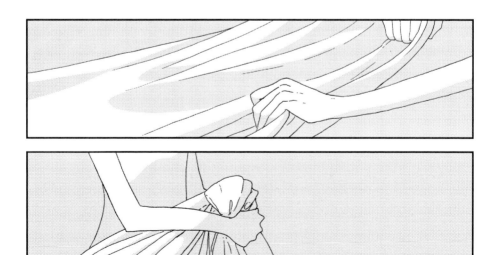

〔第七十八話　過程〕　終

第七十九話
兩百二十年

黃鑽大人？
鏗
啷

小紫！
飯店那剛來訊，
黃鑽好像從高處跳了下來……
什麼!?
這週之前他情況都還不錯呀。
奇怪了。
他好像從療養室跑出來。
跟公主說了嗎？
已經報告了。

來啦。
我來了。
……
這哪裡來的衣服？
好像是他自己將療養室裡的寢具撕成這樣穿上的。
小鑽呢？
就快到了。
沒事吧？

啊啊。
黑水晶……
啊，是叫我。
好久沒聽到這名字了。
完全忘記。
對不起。
我想說要散步到庭園……
這樣啊。
吖，真是糟糕。
怎麼會飛不起來。
今天身體好重。

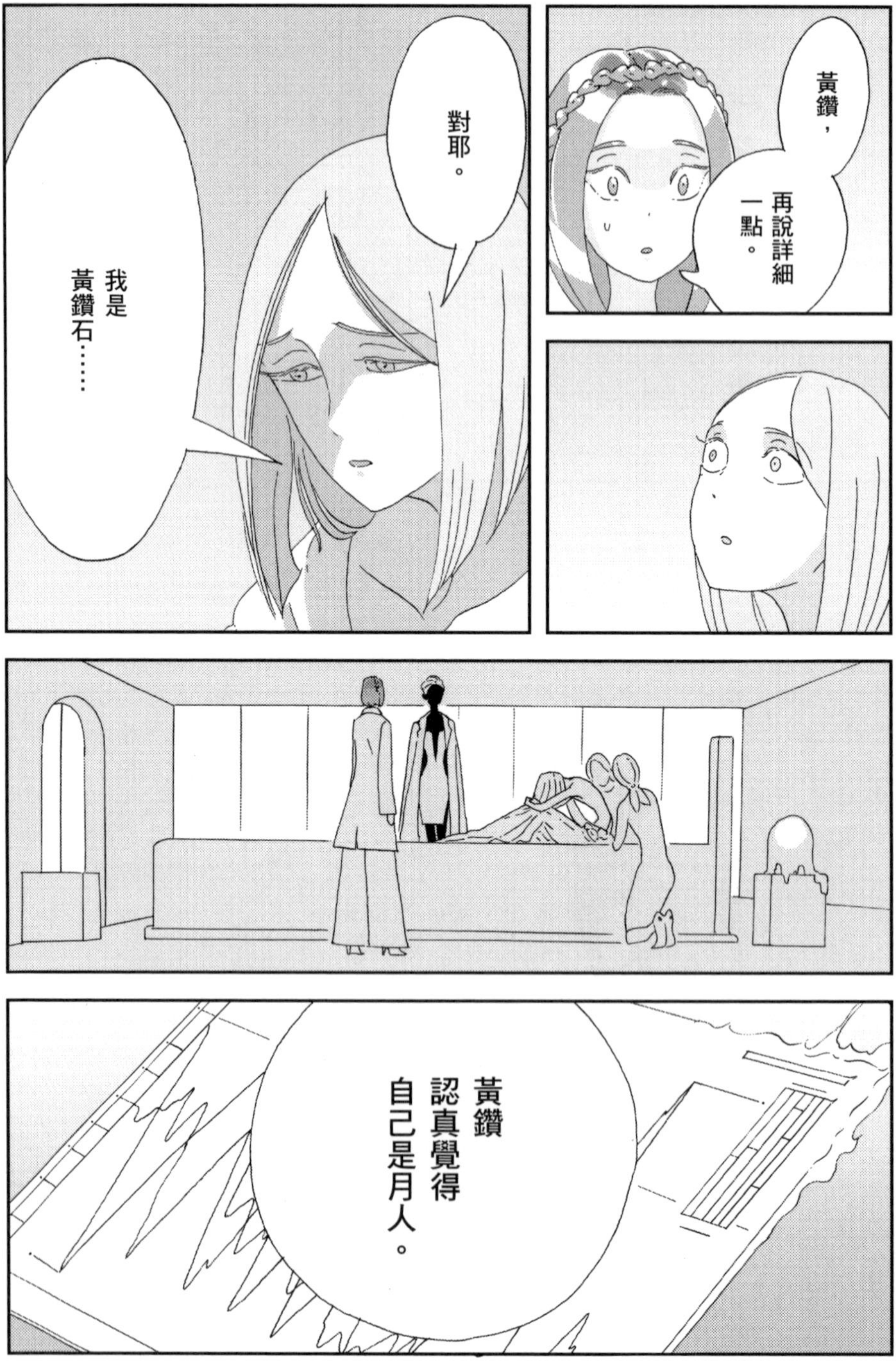
黃鑽，
再說詳細一點。
對耶。
我是黃鑽石……
黃鑽認真覺得自己是月人。

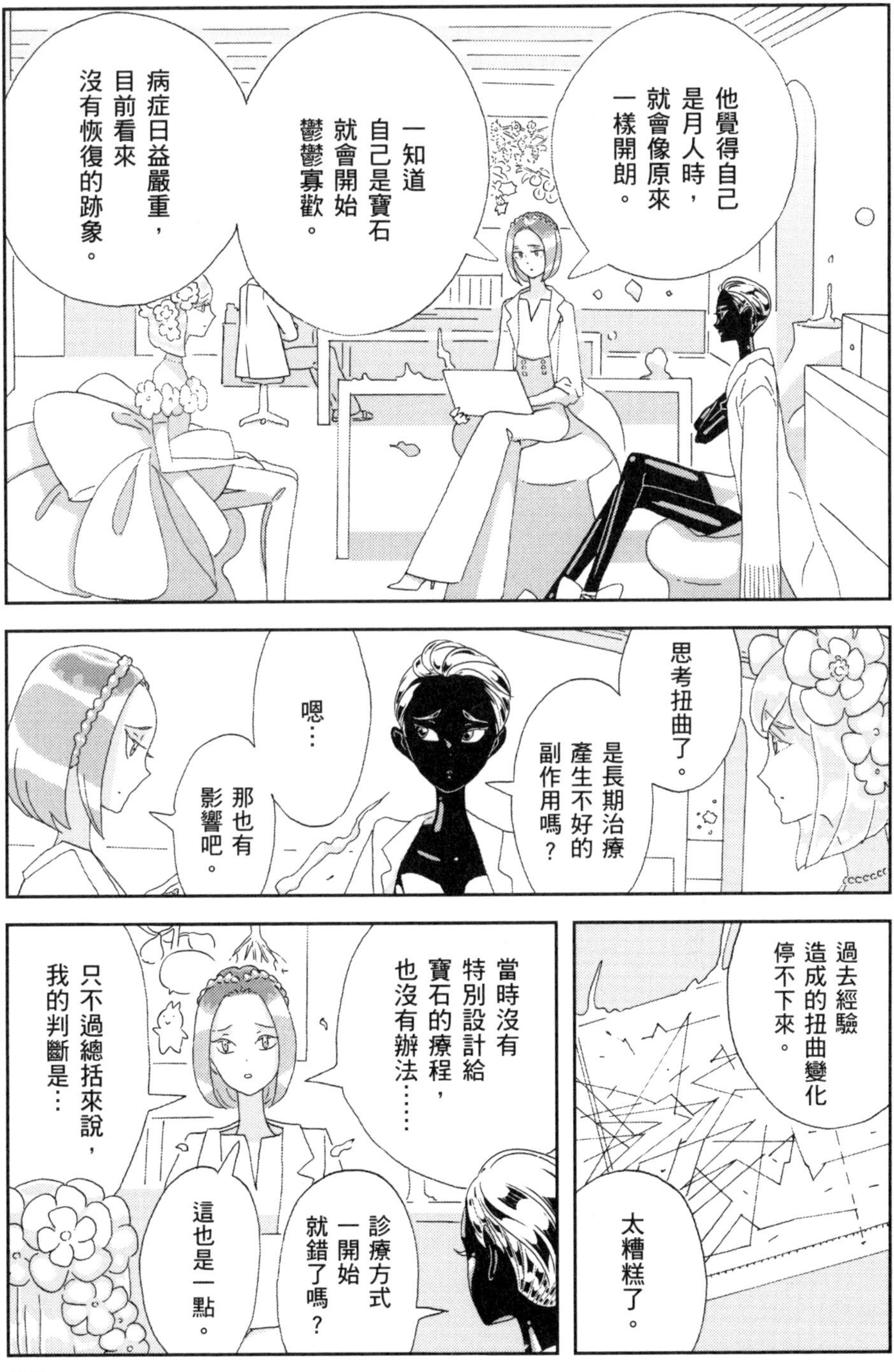

他覺得自己是月人時，就會像原來一樣開朗。
一知道自己是寶石就會開始鬱鬱寡歡。
病症日益嚴重，目前看來沒有恢復的跡象。
思考扭曲了。
是長期治療產生不好的副作用嗎？
嗯…
那也有影響吧。
過去經驗造成的扭曲變化停不下來。
太糟糕了。
當時沒有特別設計給寶石的療程，也沒有辦法……
診療方式一開始就錯了嗎？
這也是一點。
只不過總括來說，我的判斷是…

他承受不了兩百二十年來的自我反省。
這樣想不知道妥不妥當……
主因是蓮花剛玉的事情吧？
當然是那件事。
那次事態發展到極為惡劣，他相當自責，而個人暫時的幸福感讓這念頭更複雜化了。
在那之後我們適應了月人的社會，這也有影響。
認為只有自己跟不上環境變化而因此加深了孤獨感……
可憐的哥哥。
沒辦法乾脆把哥哥變成月人嗎？

公主沒有想當月人的時候嗎？
就是啊。
怎麼可能沒有。
其實我也是。
寶石的身體限制不少我的研究項目，移動也很多不便，缺點不少。
月人的起源是人類的靈魂。
是不是該找看看把我們的靈魂抽出來的方法？
要是記憶消失就沒有意義了耶。
有沒有能留著記憶又能讓現在的身體消失的方法呢……
用我的內含物※來試試看好了。
喂喂。
※存在於寶石體內的微小生物。

不要說那麼令人擔心的話。
我可不想讓我優秀的學生們變實驗品吶。
可是老師，
我們完全沒有任何頭緒啊。
兩百二十年前我曾經從事過把砂恢復成寶石的工作，後來雖然中斷了，但我有從中發現怎麼追蹤記憶。
當時學到了一點點新的知識。
你要代替我再試試看嗎？
要。
請讓我試試看。
不過你要先有他的許可。
要說服那傢伙可是比變成月人還困難喔。

公主，拜託你了。
交給我吧。
就用我的知性來說服他吧。
要不要我幫你想想看用什麼姿勢拜託他？
免。
嗶
嗶
咚
不准。
要是開始研究，你會在確實建立技術安全性之前就執意拿自己做實驗。
叮咚
一定會，而且還會因此無法挽回。
我才不會～
跟你說才不會～
會。
不會！
會。
沒有辦法啊～！人家想變成月人嘛！
……
叮咚—
如此有熱情是你的魅力之一。
但這次就是不准。
小氣～～～
腦袋硬邦邦～～
換你了！

磅
嘟
嗶
我動搖了。
你贏。
我知道唷。
你故意輸，好讓第一千天時我們的勝敗數相同。
你發現啦。
重要的是，
啵

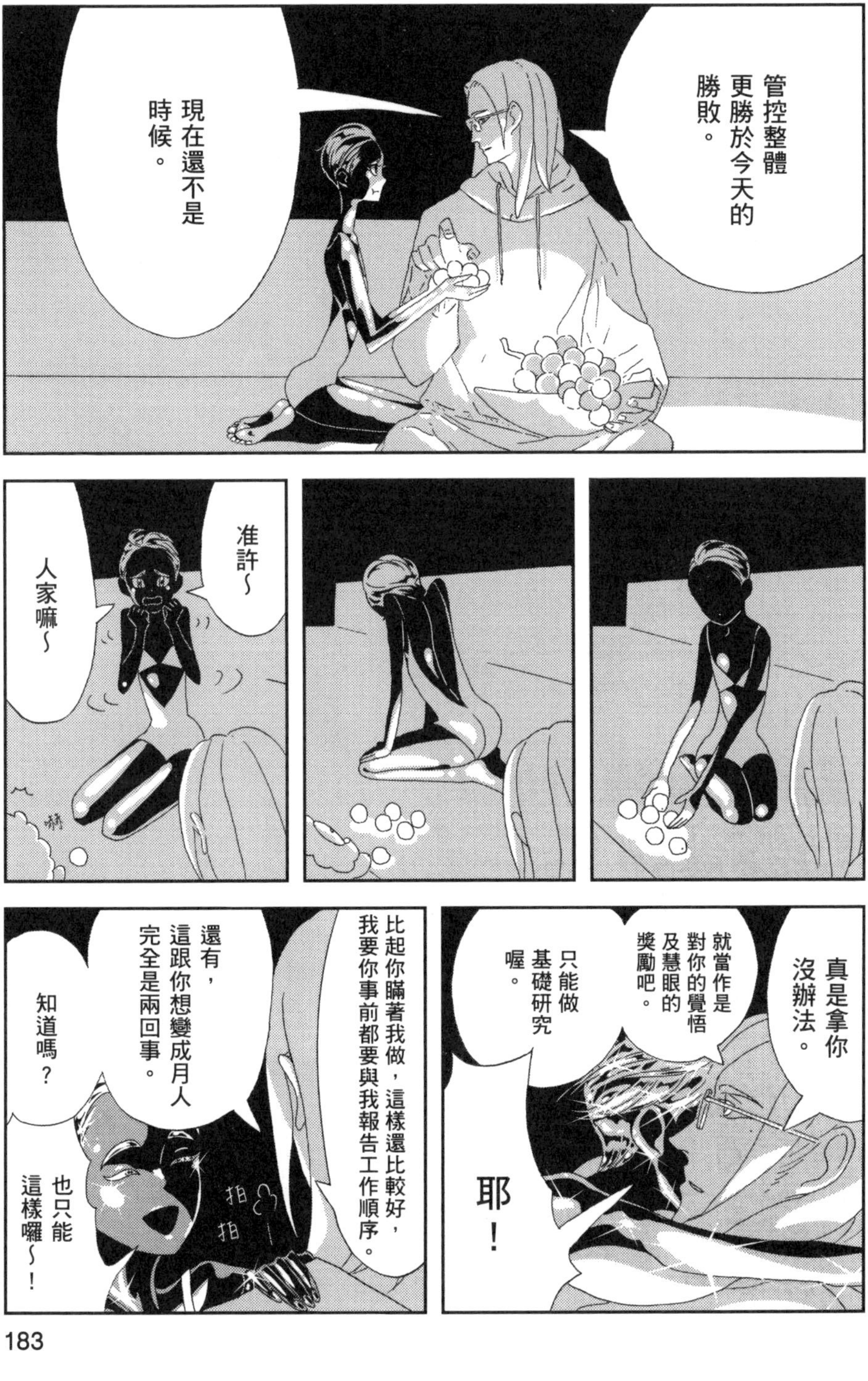
管控整體更勝於今天的勝敗。
現在還不是時候。
准許～
人家嘛～
真是拿你沒辦法。
就當作是對你的覺悟及慧眼的獎勵吧。
只能做基礎研究喔。
耶！
比起你瞞著我做，這樣還比較好，我要你事前都要與我報告工作順序。
還有，這跟你想變成月人完全是兩回事。
知道嗎？
拍拍
也只能這樣囉～！

變成月人的話，
啪搭
啪搭
我就能真的跟你一塊去了！
這個沉重又冰冷的身軀，
我已經膩了。
我還沒膩。
笨蛋。

早安，金剛。
早安，藍柱石。
天氣真好呢。
是呀。
能祈禱了嗎？
抱歉。

今天是我第幾次問你啊？
第八萬零三百二十二次。
沒錯。
今天月人應該也不會來。
我不會再拜託你了。
今年我決定也要冬眠。
實在是睏到不行了。

金剛你呢？
我會醒著。
就不用派人來當冬天的守衛了。
藍柱～看一下名單～！
是嗎？
那就拜託你囉。

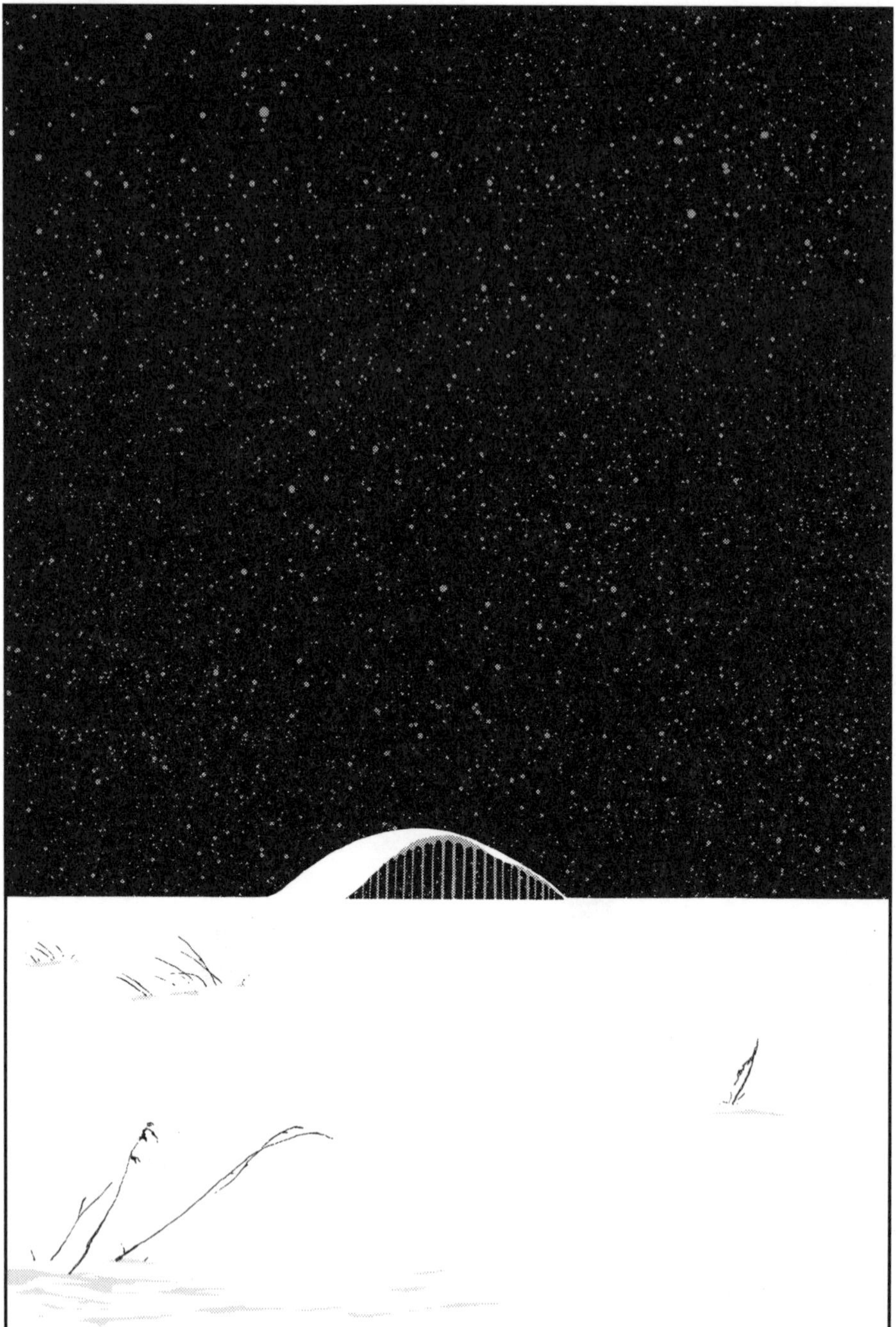

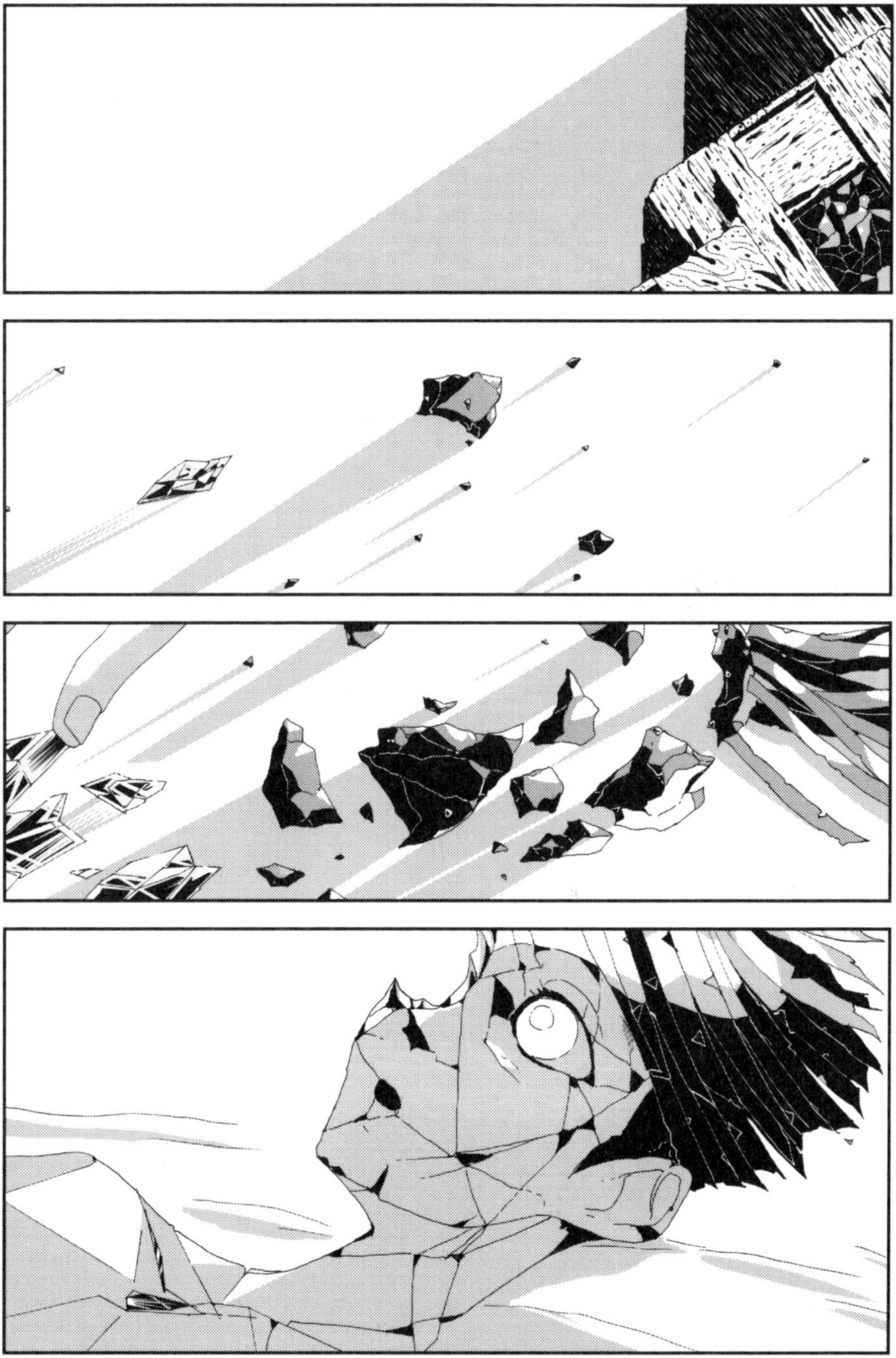

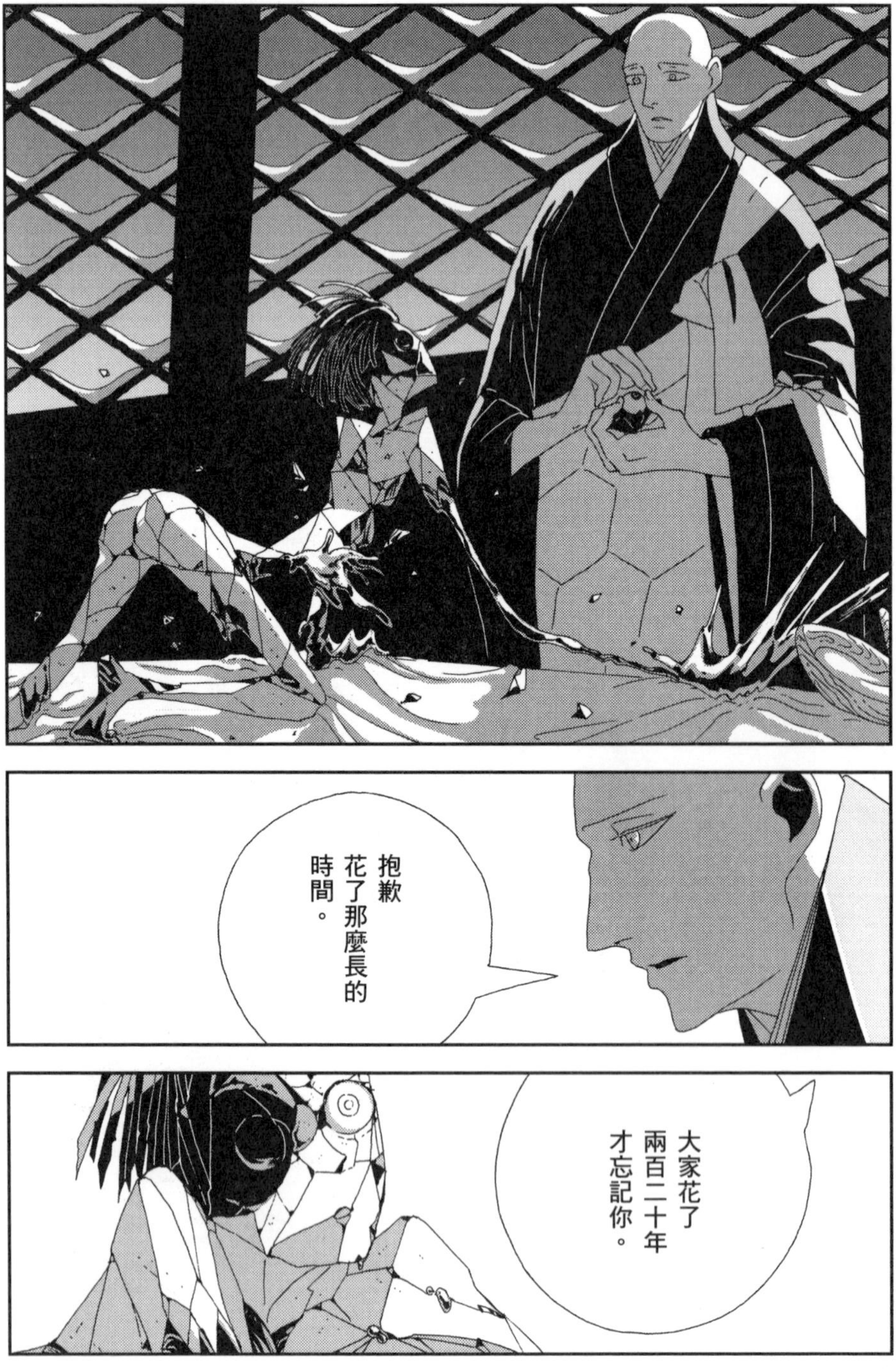
抱歉
花了那麼長的
時間。
大家花了
兩百二十年
才忘記你。

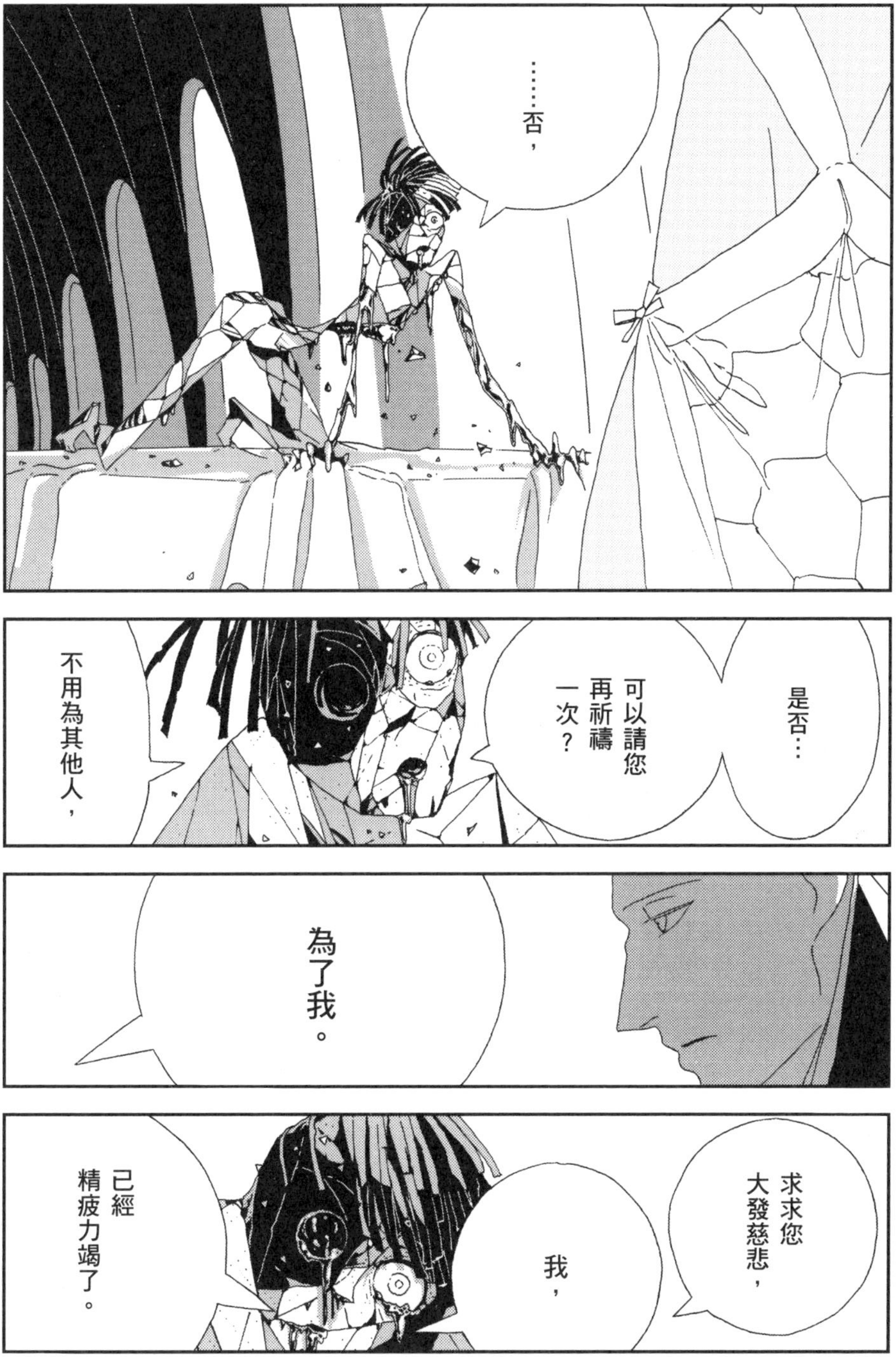
……否，
是否…
可以請您再祈禱一次？
不用為其他人，
為了我。
求求您大發慈悲，
我，
已經精疲力竭了。

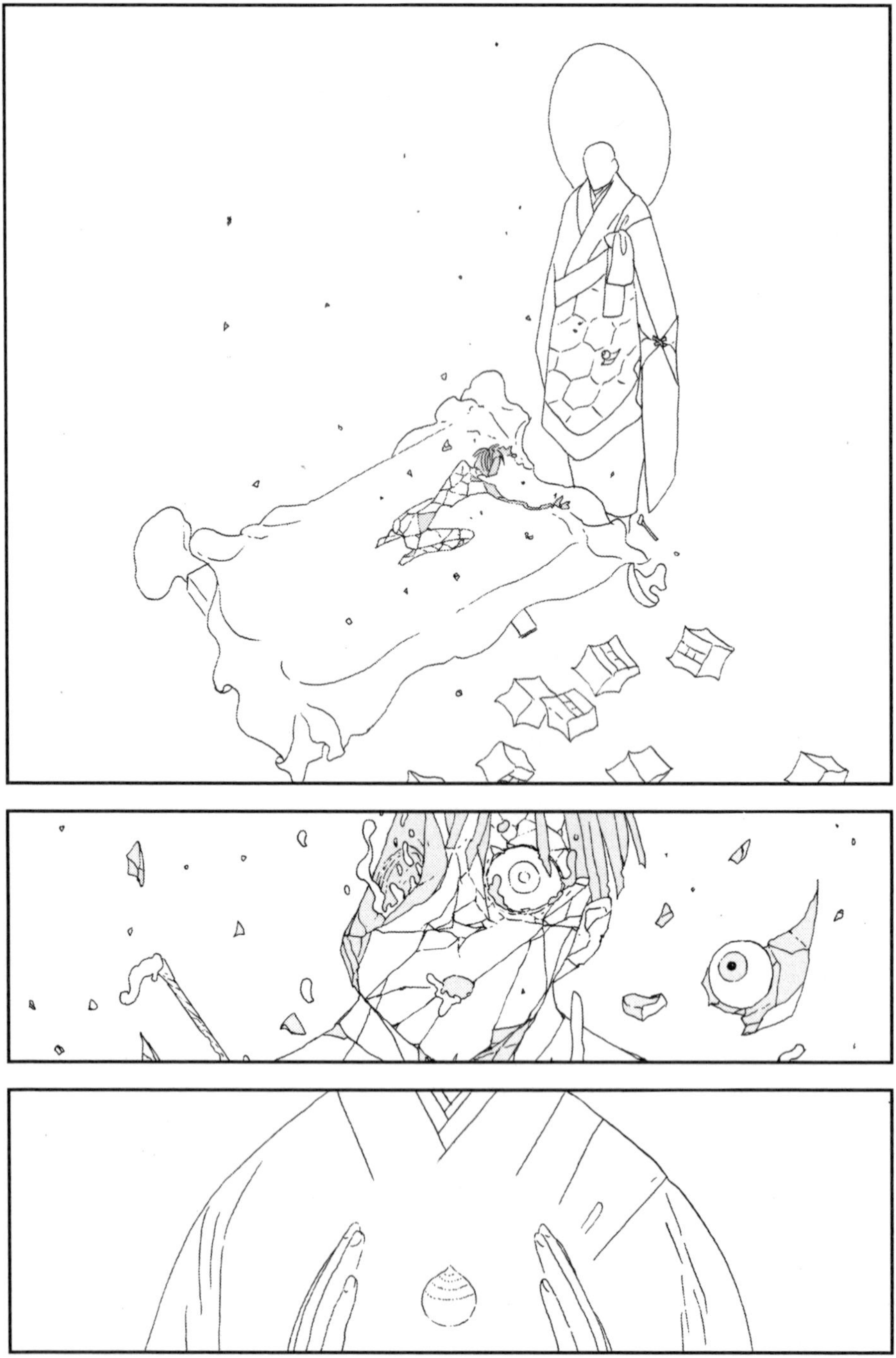

我叫你祈禱啊！

〔第七十九話　兩百二十年〕　終

洋裝之國
那是什麼東西！
真不甘心！
好有迫力！
好原創！
好有創意～
哼哼
怎麼了
就那個啊。
小月人的衣服。
哦—
聽說相當獨特呢，我也好想看看。
噓！
驚
緩緩走來
バッ
套
嗚哇——！
快速穿上
最近月人都沒來，既然想要重現，就請閒閒的戰鬥組來幫你，怎麼樣？
他們看到月人時都離很近吧。
對耶！
是長這樣！
嗯嗯。
等等！
總覺得…
為何？
完結

ISBN 978-986-235-857-3

售價：450 元

本書如有缺頁、破損、倒裝，請寄回更換

PaperFilm FC2055G

# 宝石之国 10 特裝版

2020 年 8 月　一版一刷
2022 年 12 月　一版五刷

作　　者／市川春子
譯　　者／謝仲庭
責任編輯／謝至平
行銷企劃／陳彩玉、薛綸、陳紫晴
中文版裝幀、別冊中文化設計／馮議徹
排　　版／傅婉琪
編輯總監／劉麗真
總 經 理／陳逸瑛
發 行 人／凃玉雲
出　　版／臉譜出版
城邦文化事業股份有限公司
台北市民生東路二段141號5樓
電話：886-2-25007696　傳真：886-2-25001952
發　　行／英屬蓋曼群島商家庭傳媒股份有限公司城邦分公司
台北市中山區民生東路二段141號11樓
客服專線：02-25007718；25007719
24小時傳真專線：02-25001990；25001991
服務時間：週一至週五上午09:30-12:00；下午13:30-17:00
劃撥帳號：19863813　戶名：書虫股份有限公司
讀者服務信箱：service@readingclub.com.tw
城邦網址：http://www.cite.com.tw
香港發行所／城邦（香港）出版集團有限公司
香港灣仔駱克道193號東超商業中心1樓
電話：852-25086231　傳真：852-25789337
新馬發行所／城邦（新、馬）出版集團
Cite（M）Sdn. Bhd.（458372U）
41-3, Jalan Radin Anum, Bandar Baru Sri Petaling,
57000 Kuala Lumpur, Malaysia.
電話：603-90563833　傳真：603-90576622
電子信箱：services@cite.my

作者／市川春子
以投稿作《蟲與歌》（虫と歌）榮獲Afternoon　2006年夏天四季大賞後，以《星之戀人》（星の恋人）出道。首部作品集《蟲與歌　市川春子作品集》獲得第十四屆手塚治虫文化賞新生賞，第二部作品《二十五點的休假　市川春子作品集2》（25時のバカンス 市川春子作品集 2）獲得漫畫大賞2012第五名。《寶石之國》是她首部長篇連載作品。

譯者／謝仲庭
音樂工作者、吉他教師、翻譯。熱愛音樂、書本、堆砌文字及轉化語言。譯有《悠悠哉哉》、《攻殼機動隊1.5》等。